Graal

A Revanche das Sombras

Graal

Vol. 1

O Cavaleiro sem Nome

Vol. 2

A Neve e o Sangue

Vol. 3

A Nau do Leão

Vol. 4

A Revanche das Sombras

christian de montella

Graal

A Revanche das Sombras

Volume 4

Tradução
Rejane Janowitzer

BERTRAND BRASIL

Título original: *Graal – La revanche des ombres*

Capa e ilustração: Olivier Nadel

Editoração: DFL

2007
Impresso no Brasil
Printed in Brazil

CIP-Brasil. Catalogação na fonte
Sindicato Nacional dos Editores de Livros, RJ

M781r Montella, Christian de, 1957-
A revanche das sombras/Christian de Montella; tradução Rejane Janowitzer. – Rio de Janeiro: Bertrand Brasil, 2007.
176p. : – (Graal; v. 4)

Tradução de: Graal: La revanche des ombres
Seqüência de: A nau do leão
ISBN 978-85-286-1240-0

1. Romance francês. I. Janowitzer, Rejane. II. Título. III. Série

07-0797 CDD – 843
CDU – 821.133.1-3

EDITORA BERTRAND BRASIL LTDA.
Rua Argentina, 171 — 1º andar — São Cristóvão
20921-380 — Rio de Janeiro — RJ
Tel.: (0xx21) 2585-2070 — Fax: (0xx21) 2585-2087

Atendemos pelo Reembolso Postal.

Para Juliette F., ou então Orgueluise.

"Ela lhe diz que tudo, fracassos, velhice, sofrimento, o desgosto da vida, tudo era apenas um mau sonho; que aquele que se perdera tinha agora se encontrado, que sua juventude lhe seria devolvida, que ele não morreria jamais, e que reencontraria o caminho que, no passado, em uma escura floresta, ele não tinha tomado."

Thomas Wolfe, *O tempo e o rio.*

As Estranhas Ilhas
ESCÓCIA
Ilha de Gorre
Castelo dos Encantamentos
Muro de
Adrien
IRLANDA
Floresta
Perdida
Beau Repaire
Sorelois
PAÍS DE
GALES
LOGRES
Carduel
CORNUALHA
Camelot
Lawenor
Ninguém
sabe onde fica
o Vale sem Volta.
E a Terra Gaste
nunca vai aparecer
no mesmo lugar,
de acordo com
os cavaleiros
acolhidos pelo
rei Pellès.
LOGRES
Reino continental
Reino de
BÉNOÏC
o Lago
Trèbe
Terra
Deserta

Sumário

I
O REINO

II
A FLORESTA

I

O Reino

1

Um sonho

A charneca se estendia, avermelhada e cinzenta, até o horizonte. A leste, a oeste, ao norte ou ao sul, ela ia ao encontro do céu, um céu cinzento onde flutuavam nuvens avermelhadas. Lancelot caminhava. Não sabia há quanto tempo estava ali, no meio da charneca, avançando sem que a paisagem mudasse, como se além do horizonte e da charneca não houvesse outra coisa a não ser o horizonte e a charneca. Suas pernas estavam ficando cada vez mais pesadas; tinha a impressão de que o solo, sob seus pés, se tornava esponjoso, aspirava seus passos, procurava retê-lo. Esgotado, ansioso, ele se virou, mas só viu atrás de si o mato intacto, sem pegadas nem rastros. Olhou para os pés e percebeu assustado que eles mal roçavam as flores violetas e cor-de-rosa, como se ele estivesse suspenso no ar.

Contudo, quando quis continuar andando, precisou fazer um esforço imenso para sair do lugar.

"Vá mais alto... Mais alto..." Uma voz — um murmúrio, porém imperioso — lhe soprava no ouvido. Procurou em volta quem lhe falava. Não viu ninguém. Uma brisa envolveu seu rosto, úmida e tépida, e a voz repetiu: *"Vá mais alto... Mais alto... Mais alto..."* Então Lancelot se agachou, reuniu suas forças e saltou. Sentiu que escapava à poderosa sucção que o mantinha sobre o mato, e se viu vários côvados* acima do solo. A brisa, naquele momento, circundava todo o seu corpo, como se fosse um casaco de vento. Ele pensou sem surpresa: "Estou voando." Bateu os braços, mas nada aconteceu. Estava de pé sobre o ar, um ar duro como pedra. *"Mais alto... Mais alto..."*, dizia a voz. Lancelot hesitou. Suspendeu a perna direita com cuidado, tateou no vazio, encontrou com a ponta dos artelhos o que lhe pareceu a aresta, depois a superfície de um degrau. Apoiou o pé. Subiu. Tateando ainda, descobriu um outro degrau. *"Mais alto..."* Dessa vez, decidiu-se. Começou a galgar, lentamente, pausadamente, a escada invisível. E, quanto mais subia, mais suas pernas se tornavam leves, mais o cansaço o abandonava, mais sua progressão se tornava fácil.

---

* As palavras seguidas de um asterisco remetem ao léxico no final do livro.

A Revanche das Sombras

Quando a voz lhe sussurrou: "*Agora pare. E olhe*", ele teve vontade de rir, por nada, por puro prazer, ou talvez porque fizesse anos e anos que não sentia uma tal felicidade de existir. Foi somente então que percebeu que estava nu. Afastou os braços e contemplou o próprio corpo: todas as cicatrizes dos numerosos combates de que tinha participado haviam desaparecido, sua musculatura, que o passar dos anos tinha ao mesmo tempo tornado mais pesada e polida, recuperara as formas ágeis e enxutas da juventude. "*Olhe*", repetiu a voz da brisa.

Lancelot levantou os olhos. Dominava uma terra mais vasta do que jamais imaginara. Para onde quer que dirigisse o olhar, parecia que o horizonte tinha sido abolido. O mundo inteiro se oferecia a ele, até o infinito, vilarejos e cidades, riachos e rios, lagos e mares, colinas e montanhas, florestas e desertos. As estações e os meteoros se misturavam, neve de inverno, chuva de outono, flores de primavera e grande sol de verão — temporais, borrascas, tempestades se acalmavam ao contato com os vales verdejantes e calmos, grandes rios tranqüilos de repente desabavam em cataratas, vulcões em erupção viam suas descargas de lava fumegante se metamorfosearem em tranqüilas pradarias, castelos eram carvalhos e florestas eram cidades, nevava sobre os desertos. Rosas desabrochavam sobre geleiras.

E, de repente, o vento o carregou. Sentia-se voar, fazendo piruetas no céu: atravessava nuvens e saía delas constelado de gotinhas; acompanhava o vôo dos pássaros migradores, dava voltas dentro do olho dos furacões, das tempestades e dos tornados. Não tinha medo, não tinha frio. Deixava-se conduzir por aquele sopro mágico que o carregava acima das montanhas, das planícies e dos rios, para além dos horizontes.

Sentia-se bem e feliz. Teria desejado que aquela viagem durasse a vida inteira.

Mas, de repente, o vento o apanhou e o projetou no chão. Meio atordoado pelo choque da aterrissagem, levantou-se, cambaleando. Achava-se dentro de uma floresta, cujas folhagens eram tão densas que a luz do sol não entrava. Uma floresta onde era sempre escuro, sempre noite.

Avançou. Com alguns passos hesitantes. Acreditou perceber, na penumbra que apagava todas as coisas, duas silhuetas.

— Onde estou? — perguntou. — Não conheço esta floresta.

— É Brocéliande — respondeu uma voz de mulher. — A Floresta dos Sonhos.

— Por que ela tem esse nome?

— Por que você se perdeu nela? — replicou uma voz de homem.

A Revanche das Sombras

As duas silhuetas se aproximaram. Contudo, continuavam cinzentas, sem rosto, como espectros.

— O vento do sonho me trouxe aqui — disse Lancelot.

— O vento dos sonhos — murmurou a voz feminina.

— Ou das mentiras? — perguntou a sombra do homem.

Estavam vindo lentamente ao seu encontro. Quanto mais se aproximavam, mais lhe pareciam altos, e temíveis. Mas não se distinguiam seus rostos.

— Um dia esta floresta não será mais um sonho para você — disse a mulher.

— Mas, sim, sua vida e sua morte — acrescentou o homem.

— Não compreendo...

— Tarde demais para compreender.

— Para você, é tempo apenas de morrer.

As sombras se precipitaram sobre ele. Só as reconheceu naquele instante: Morgana e Mordred! Dois fantasmas negros de dentes faiscantes, de olhos vermelhos, de longas garras, que o atacavam.

Soube que não conseguiria escapar. Salvo... Salvo se gritasse:

— É um sonho!

Com essas palavras, no instante em que eles iam se atirar sobre sua garganta, as sombras de Morgana e de

Mordred se desfizeram, não deixando senão uma sensação de frio em volta do seu corpo.

— *Um sonho!*

Lancelot despertou com um sobressalto. Balbuciou ainda várias vezes: "Um sonho... Um sonho..." Transtornado, olhou à própria volta: a aurora se dissipava, o fogo se extinguira, perto dele uma raposa e um abutre disputavam os restos de uma lebre assada.

— Minha última refeição... Essa lebre...

Lancelot ergueu-se com dificuldade. A coberta de pele de urso e seu próprio rosto estavam cobertos de orvalho. Com as costas da mão, enxugou o rosto. As imagens de seu sonho ainda o perseguiam. A escada invisível. O céu. A floresta. Morgana e Mordred...

Sacudiu-se: "Eles estão mortos." Levantou-se, o que fez com que a raposa e o abutre fugissem. Recolheu a espada, cingiu-a à cintura, vestiu a cota de malha e cobriu-se com o casaco. Estremeceu. A umidade reavivava a dor de suas feridas nas costelas e no quadril, a fraqueza de seus tornozelos tantas vezes torcidos, o cansaço das articulações.

Grunhiu como um urso doente.

"Anime-se", disse a si mesmo. Detestava se sentir nesse estado. A velhice. Sabia que essa doença que atinge todos os homens tocava-o mais cedo do que os outros por causa dos numerosos combates de que tinha participado. Contudo, o que ele havia amado mais do que tudo nesta vida? Salvo por Guinevere — um amor proibido, difícil —, tinha vivido só para lutar. Conhecer o prazer perigoso do enfrentamento de homem contra homem, de cavaleiro contra cavaleiro, dele mesmo contra o adversário, fosse qual fosse.

Grunhiu mais uma vez, mais baixo. Selou o cavalo e subiu-lhe nas costas. Até mesmo isso agora lhe provocava dor.

Deu-lhe uma ligeira esporeada. O rocim* partiu a passo pelo vale. O dia surgia.

Fazia já duas semanas que ele deixara o antigo reino de Logres e atravessara o mar. Tinha evitado os caminhos muito freqüentados. Não queria cruzar com ninguém. Depois de sofrer a humilhação na Escócia, atrás das pegadas de seu filho Galahad, não tinha mais vontade de arriscar um enfrentamento com quem quer que fosse. Ele, que durante toda a vida só conhecera a vitória em todos os combates, se perguntava o que ainda valeria. "Estou velho, pensava, "velho demais para batalhas ou torneios*. Não sirvo para mais nada." Atravessava prudentemente as florestas e os vales da Gália com uma única idéia na cabeça: retornar aos locais de sua infância, encontrar o Domínio do Lago, reatar com sua mãe de cavalaria, Vivian.

Tinha apenas um temor: de que ela houvesse morrido. A última vez que a vira, dez anos antes, ela tinha envelhecido incrivelmente, pouco a pouco abandonada pelos poderes de fada. "E Merlin?", pensava. "O que terá acontecido com ele? Será que ele também perdeu os poderes, talvez até a vida, uma vez que ninguém mais acredita nos antigos deuses?"

O rocim avançava como se tivesse conhecido o caminho a seguir durante toda a eternidade. E devia ser verdade pois, de repente, a paisagem se tornou familiar para Lancelot. Aqueles bosques, aquelas colinas... E sobretudo o lago, cuja superfície brilhava ao sol. Lancelot parou o cavalo. De repente, esqueceu-se das dores de homem prematuramente envelhecido. Contemplando a paisagem onde havia crescido, sentiu que se tornava de novo criança, lembrando-se de todas as promessas que o mundo e sua própria força jovem pareciam então lhe colocar nas mãos para que se servisse delas, para que brincasse com elas, para que se tornasse quem ele queria — devia — ser: "o maior cavaleiro do mundo".

— Sonhos de criança — murmurou ele.

Quando alcançou a margem do lago, reteve o cavalo, que se impacientava. A água — que não passava de uma ilusão tecida pelos poderes de Vivian, destinada a afastar os intrusos do Domínio — tinha uma estranha cor de chumbo. Parecia formada de centenas de reflexos, colocados uns ao lado dos outros, mas que não se juntavam. Como uma armadura desarticulada. Entre cada elemento dessa armadura, dessa água mágica, podiam-se ver o vilarejo e o castelo do Domínio, bem no fundo do Lago. A ilusão feérica estava se dissipando. Não protegia mais o Lago contra os inimigos.

Lancelot desceu do cavalo. Puxando-o pelas rédeas, forçou-o a entrar na água fragmentada do lago. Pouco depois, encontrou o caminho que descia para o castelo, caminho que tinha tomado milhares de vezes durante sua infância.

Alcançou os acessos do castelo. Notou imediatamente a decadência. As fachadas das casas estavam rachadas. As janelas, parcialmente arrancadas. As portas, alguns batentes, se abriam para lareiras extintas, cozinhas vazias, cheias de poeira e de teias de aranha. Não havia mais nenhum habitante no vilarejo.

Mais adiante, a ponte levadiça do castelo estava abaixada. Bastou um breve olhar para Lancelot compreender que ela não era suspendida há meses, talvez anos. Um musgo verde e avermelhado roía as pranchas. Os cadeados estavam enferrujados. Nenhum soldado guardava a entrada.

O vilarejo, o castelo e o Lago inteiro pareciam ter sido evacuados. Abandonados.

Lancelot soltou o rocim e se dirigiu sozinho para a ponte levadiça apodrecida. As pranchas devoradas pelo musgo e pelo líquen estalavam lugubremente sob seus pés. Ergueu os olhos para o rastrilho da entrada: estava enferrujado a tal ponto que era um milagre não ter ainda desabado.

— Vá embora daqui! Deixe o Lago! Ou eu mesmo o mato!

Lancelot pôs a mão no punho da espada. Quem o atacava?

Virou-se, com a lâmina na mão. Prestes a golpear.

— Saia daqui! Saia daqui, pelo poder dos druidas!

O agressor, que tinha a maior dificuldade de sustentar o peso de sua espada com os dois punhos, tinha cem anos. Talvez. Em todo caso, era o que parecia ter. E Lancelot se sentiu tão mais jovem ao vê-lo de frente que terminou reconhecendo-o, apesar das rugas e dos anos.

— Caradoc! Meu mestre!

Com essa exclamação, o velho preceptor fez um gesto trêmulo de hesitação. Tentou mesmo assim elevar a espada para acertar um golpe no intruso, mas o esforço foi grande demais para seus braços magros como gravetos mortos. Perdeu o equilíbrio, estremeceu, e foi preciso que Lancelot o segurasse nos braços para que não se partisse em dois caindo no chão.

— Meu mestre! Sou eu! Lancelot!

O ancião se debatia, com todas as pobres forças que lhe restavam.

— Assassino! Saxão*! Agente de Claudas!

Lancelot apertou-o nos braços, tanto para acalmá-lo como para provar sua amizade.

— Eu mudei tanto assim, Caradoc? Fui seu aluno durante cerca de dezoito anos...

O velho, abraçado por Lancelot, parou pouco a pouco de se debater sem razão. Tossiu, levantou o perfil magro para aquele que o segurava nos braços e admitiu:

— Ah, sim... Talvez... Como é que você disse que se chamava?

— Lancelot. Bem, não... Para você, Caradoc, eu era "Acriança".

— Acriança! Ah! Ah! Acriança!

Caradoc começou a rir. Lancelot largou-o. O ancião deu dois passos para trás, com os olhos fixos no cavaleiro.

— É você? — perguntou. — É mesmo você?

— Sim...

— Você era tão jovem...

— O tempo passa, Caradoc...

O velho esfregou as mãos e balançou a cabeça.

— Sim — murmurou. — Para todo mundo. Mesmo...

— Mesmo...

— Mesmo para as fadas — disse.

Depois, examinando Lancelot, acrescentou:

— E estou vendo que para os cavaleiros também.

2

Vivian

Lancelot seguiu Caradoc até o castelo. A sala* estava vazia, ressoando sob seus passos. No lugar onde Lancelot esperava encontrar uma porção de jovens varletes*, escudeiros, serviçais, não havia ninguém. Na espaçosa lareira, nenhum fogo ardia.

— O que está acontecendo, meu mestre? — perguntou. — Não estou vendo ninguém.

— É que não há ninguém — replicou o ancião, recuperando um pouco de sua vivacidade. — Eles foram embora. Todos!

— Foram para onde?

— Oh... O mundo muda... Um dia, o poder está aqui. Num outro dia, está em outro lugar. As pessoas sempre vão para onde está o poder.

— E você? Não foi embora?

— Por que eu iria embora? Sou velho demais e fiel demais. Dois graves defeitos neste mundo novo que os saxões e a cristandade querem estabelecer brigando entre si.

— Onde estão todos?

— Em Trèbe. Com Claudas.

Enquanto galgavam os degraus de uma escada, o velho Caradoc virou-se para Lancelot.

— Por que você voltou, Acriança? É tarde demais.

— Não sei se é tarde demais. Em todo caso, eu voltei.

O ancião o examinou, lentamente, dos pés à cabeça.

— Eu me lembro da criança que você era, quando o único nome que tinha era "Acriança". E do rapaz que Dama Vivian conduziu até Arthur. Você também conheceu a passagem do tempo, as injúrias da vida e do tempo, não é?

Lancelot balançou a cabeça.

— Sim... Eu envelheci, como você. E Dama Vivian?

Caradoc encolheu os ombros, com irritação.

— Ela é uma fada, não envelhece!

— Ainda bem. Tenho muita vontade de revê-la.

— Ela não envelhece, mas morre. Morre por ser uma fada.

Com seus olhinhos de centenário, Caradoc encarou Lancelot.

— O que você veio lhe trazer? Coisas boas ou ruins?

— Não sei... Eu vim, simplesmente...

— Por quê?

— Por mim... Por causa da minha infância junto dela. Havia tanta alegria de viver, naquela época...

O ancião fez uma careta — desprezo, desgosto, quem poderia saber?

— Você foi cavaleiro da Távola Redonda. Só competia a você, e a Arthur, fazer com que ainda conhecêssemos a alegria de viver.

— O que está querendo dizer?

— Que vocês não souberam proteger nosso mundo.

Lancelot não encontrou nada para responder a isso. Pois estava de acordo com o velho Caradoc. Sentia-se responsável pela ruína do mundo que vira nascer.

— Como — perguntou Caradoc —, como vocês não conseguiram expulsar os saxões para o mar? Por que não vieram em nosso socorro?

Lancelot baixou a cabeça.

— Houve a batalha de Carduel... O rei e todos os seus cavaleiros perderam a vida. Depois... Os saxões eram os mais fortes...

— Besteiras! Os cavaleiros de Arthur nunca deveriam ter sido vencidos em Carduel. Se você não tivesse amado Guinevere, nosso mundo teria permanecido o mesmo!

— Caradoc, meu mestre, está querendo dizer...?

Tinham chegado ao topo da escadaria. Entraram por um corredor. O velho encolheu violentamente os ombros magros.

— Eu falo aquilo em que acredito: um rei enganado perde sua força e seu poder. Lancelot, você foi a esperança dos reinos célticos: você estava destinado a encontrar o Graal. Perdeu tudo. E agora? Hein?... E agora?

Pararam diante de uma porta. Caradoc apontou-a para Lancelot.

— Entre. Vivian está aí.

— Você não me acompanha?

— Esta história não é mais minha. Estou velho e inútil.

— Como eu — disse Lancelot, baixando a cabeça.

Os olhinhos de Caradoc cintilaram de raiva sob as pálpebras enrugadas. Ele esbofeteou o cavaleiro em pleno rosto.

— Chega de autocomiseração, Acriança! Não eduquei você para isso!

O quarto estava mergulhado na penumbra. Lancelot, hesitante, com a face ardendo do tapa de Caradoc, avançou lentamente na direção do grande leito de dossel que era ao mesmo tempo o móvel e o ornamento. Ali, com o busto apoiado em numerosas almofadas, ele descobriu uma mulher. Oh, mal chegava a ser uma mulher... Um corpo de tal magreza que parecia quase flutuar sobre o colchão.

Um candelabro ardia à cabeceira do leito. Lancelot apanhou-o e se aproximou: sim, era ela mesma, era mesmo Vivian, a maravilhosa, a magnífica, aquela cuja beleza fizera Merlin enlouquecer de amor. Apesar da magreza extrema do rosto, apesar da infinidade de rugas cobrindo a face, a testa e as pálpebras, restava aquele olhar intenso e límpido, como uma última prova de vida e de poder de um corpo abandonado por suas próprias forças.

— Vivian... Sou eu...

— Você?...

Uma mão descarnada se ergueu e se estendeu, trêmula, para Lancelot, mas tombou, esgotada, sobre o leito.

— Quem é você?...

— Lancelot. Acriança... Seu filho...

— Eu não tenho filho...

— Tem! Eu!

— Meu único filho, eu o roubei. Roubei da mãe dele.

— Era eu. E eu sou seu filho. Sou seu filho porque graças à senhora me tornei o que sou.

Naquele rosto sem carne, naquele rosto pálido e incrivelmente enrugado, apenas viviam os olhos claros, imensos. Pousaram em Lancelot, contemplando-o com uma espécie de surpresa triste.

— Quer dizer que é você?... Acriança, é você?... Você mudou tanto. Eu não o teria reconhecido. Você era tão jovem... Tão ágil e tão forte... O que são essas cicatrizes marcando sua testa?

— Não são cicatrizes.

— São o quê, então?

— São rugas.

— Rugas?... Você envelheceu? Acriança envelheceu?... Não. É impossível. Você não é Acriança.

— Eu sou Lancelot. Eu fui Acriança.

— Não. Não acredito em você. Você é um engodo. Uma ilusão da minha doença.

— Qual é a sua doença?

— A doença da morte... Uma doença que nunca deveria atingir as fadas...

Sua mão magra como uma garra segurou repentinamente a de Lancelot.

— Eu tenho poderes... extraordinários. Eu tinha. E depois os perdi... Por quê?

— Não sei...

— Mas eu sei: eduquei uma criança para ela se tornar a soberana do mundo. Ela me traiu... Ela amou a esposa de seu rei, e depois...

— Eu sou essa criança. Mas não a traí. Amei Guinevere porque...

— Por quê?

— Não podia viver de outra maneira que não fosse amando-a.

A mão de Vivian apertou com força a dele.

— Então é de fato você? Acriança? Lancelot? O ingrato? Aquele que não foi o que deveria ser? Aquele por causa de quem o mundo mudou de alma e me relegou, a mim, pobre fada, à inexistência?

— Vivian... Nunca tive outra mãe que não fosse a senhora... Segui seus ensinamentos... Mas os imprevistos da vida...

— Não fique buscando desculpas. Você me traiu, é tudo o que sei. Olhe em que estado me encontro...

Ele a viu, da maneira que ela se mostrava.

— A culpa é sua — ela prosseguiu. — Mas eu o perdôo. É preciso agora que você cumpra seu outro destino.

— Meu... outro destino?

— Seu primeiro desafio foi o de um cavaleiro da Távola Redonda: encontrar o Graal. Você não conseguiu. Mas ainda resta um outro desafio: vingar seu pai, Ban de Bénoïc.

— Vivian... eu vim aqui para revê-la... Não para me meter em novos combates...

De repente, ela se ergueu na cama. Em seu corpo esquelético, não se viam mais senão seus olhos, verde-azulados, intensos e... jovens.

— Você não terminou os combates, Lancelot, Acriança, filho de rei! Há uma fortaleza, que se chama Trèbe, e que fica a algumas léguas daqui. Essa fortaleza, Trèbe, foi roubada de seu pai, Ban de Bénoïc, há quarenta anos. Só espero uma última coisa de você...

Ela tornou a cair repentinamente sobre a cama. Lancelot inclinou-se, inquieto. Ela reabriu os olhos e o observou, do queixo à testa.

— Você não soube ser o filho que teriam desejado meu coração e seu destino. Seja o filho de seu pai. Não lhe resta mais nada a cumprir. Adeus.

Ela fechou os olhos. Seu corpo, tão magro, como se tivesse sido devorado pelo interior, não respirava mais. Lancelot jogou-se sobre ela, sacudindo-a.

— Vivian!... Minha mãe!... Eu lhe imploro...

— Você me envergonha — trovejou atrás dele a voz de Caradoc. — Você envergonha a memória de Vivian. Ela está morta, e ponto final. Erga-se, por Merlin, nossos deuses, seus druidas e seus poderes!

O velho se aproximou de Lancelot mancando e o agarrou rudemente pelo braço, como fazia com seus maus alunos.

— Vivian não precisa de choradeira! E você não tem o direito de chorar! Lembre-se de seu ensinamento! Aja! Você é um cavaleiro!

Lancelot se desvencilhou. Lágrimas lhe corriam pelo rosto. Ele se sentia, sim, de luto por Vivian, de luto por essa mulher, essa fada, que o tinha criado como um filho.

Curvou-se sobre ela. Queria beijar-lhe a testa, num último adeus.

Um estranho clarão azul envolveu-o. Ele recuou, assustado. Bruscamente, sem que nada tivesse sido anunciado, ela se transformou sob seus olhos. Suas rugas se apagaram como o leito rachado de um rio seco que revive de repente sob uma água nova irrompida. Sua face, seus seios, seus quadris, suas coxas retomaram a forma — sedutora — que tinham quando Vivian era fada. Lancelot, aturdido, recuou ainda mais. Vivian (uma Vivian jovem como uma fada) se ergueu, beijou-o na testa e sussurrou-lhe:

— Eu o amo. Faça o que eu lhe disse. Vou-me embora.

— Para onde? Vivian! Fique! Fique comigo! Aonde vai?

— Para Avalon.

E, com essas últimas palavras, a claridade azul se tornou tão intensa e tão violeta que Lancelot, ofuscado, teve que fechar os olhos.

Quando os reabriu, não havia mais ninguém sobre a cama. Nenhuma Vivian, nem jovem nem velha. Ninguém.

Ninguém.

Caradoc segurou-o pelo pulso.

— Saia daqui. E lembre-se do que ela lhe pediu.

O velho lhe segurava o braço com uma força extraordinária.

— Eu não... eu não me lembro — balbuciou Lancelot. — O que foi que ela me pediu?

— Que você seja um filho segundo o coração dela. E segundo o seu destino... Recupere Trèbe.

— Por quê? Arthur está morto. A Távola Redonda está morta. Logres está nas mãos dos saxões. Eu não sou mais nada.

— Você é Lancelot!

— Eu não sou ninguém.

3

Trèbe

O mendigo chegou à grande porta. Mancava; suas costas pareciam incomodá-lo. A fortaleza de Trèbe era guardada por soldados de vinte anos, despreocupados, pois nunca tinham conhecido a guerra. Brincavam entre si, sem de fato prestar atenção nas poucas charretes e nos camponeses carregados de cestos ou de lenha que passavam pela grande porta. O mendigo, apoiado em um bastão nodoso que lhe servia de bengala, pôde entrar sem dificuldade.

No pátio do castelo estavam dispostas diversas fileiras de barracas. Vendiam-se legumes, carne desidratada e toda espécie de utensílios de ferro, de cobre ou de madeira. Era dia de mercado. O mendigo, do qual não se distinguia o rosto sob o capuz de pano grosseiro e sujo, parou e observou.

Uma multidão de indigentes se apertava entre as mercadorias, vigiada ao mesmo tempo por patrulhas de soldados andando em grupos de três e por arqueiros que, com as armas* aos pés, estavam em cima das muralhas. Curvado, mancando, o mendigo contornou lentamente o pátio e a multidão, permanecendo junto da muralha.

Foi impedido por um cercado que um boieiro improvisara ao pé da muralha. Ele tinha três bois marrons, de pêlo cuidadosamente escovado e lustrado. Era um homenzinho barrigudo, de nariz redondo como suas bochechas, que sorria sem parar enquanto interpelava as pessoas que passavam.

— Olhem! Admirem! Meus lindos bois! Meus lindos bois! Nunca mais verão bois assim tão dóceis nem tão fortes! Olhem! Admirem! Carroças e charretes, eles puxarão vocês até o fim do mundo! Meus lindos bois! Meus lindos bois! Meus lindos bois!

Parecia se divertir muito com os próprios gritos, "Meuslindosbois!", que repetia com uma voz cada vez mais alta. Contudo, ninguém parava na frente do seu cercado. Ele encolheu os ombros, acariciou o flanco de um dos animais e notou a presença do mendigo.

— Ei! Você! Meu senhor! O que diria de um boi, de dois, de três?

O mendigo, surpreso, deu dois passos para trás.

— Não tenha medo! Tire a pesada bolsa de ouro que traz escondida sob seu rico manto!

De repente, com uma vivacidade surpreendente, o boieiro saltou por cima da barreira do cercado e se aproximou do mendigo. Colocou uma mão amistosa sobre o ombro dele. Sempre sorrindo, curvou-se ao seu ouvido e soprou:

— O que você veio procurar aqui?

O mendigo fez menção de recuar. Suspendeu bruscamente a cabeça e se pôde perceber, sob a sombra do capuz, o brilho muito claro do seu olhar.

— A caridade — respondeu com uma voz baixa, roufenha. — Alguma coisa para comer. Um lugar qualquer para dormir.

— Seus desejos são excessivamente modestos, cavaleiro...

— Eu não sou cavaleiro.

O homenzinho gordo riu.

— Certo! Eu sou boieiro e você não é cavaleiro.

Dessa vez, os olhos claros do mendigo pousaram, intrigados, naquele rosto redondo e jovial.

— Quem é você?

— Quem sabe? — replicou o boieiro.

Deixando de repente o mendigo, ele se dirigiu a um grupo de seis homens que se aproximava. Eles eram jovens, todos vestidos com magníficos mantos bordados de lontra e arminho e usavam calções bordados com fio de ouro. Os indigentes e os soldados lhes abriram passagem com uma espécie de respeito temeroso.

— Ah! — exclamou o boieiro. — Senhor Malangrenant e vocês, meus senhores seus rivais e camaradas, que prazer em vê-los!

O mais alto dos seis homens, que caminhava um pouco à frente, todo vestido de amarelo, levantou as sobrancelhas e levou um quadrado de pano às narinas, como se o odor do boieiro o indispusesse.

— Quem lhe deu permissão de se dirigir a mim, pulguento?

O sorriso do boieiro se tornou radiante, como se ele tivesse recebido um elogio.

— É que meus bois são bonitos, bonitos demais para essa gentalha, meu senhor! Aqui, só o senhor pode e deve comprá-los de mim.

Malangrenant fez uma careta, olhou seus companheiros e cacarejou com desprezo:

— Bois? O que quer que eu faça com eles?

— Meu senhor decerto sabe que, na antiga religião, os bois são símbolo de bondade, de força e de calma...

— E daí?

— Eu achei que o senhor poderia utilizá-los como conselheiros particulares. Eles têm muito a lhe ensinar.

A insolência da réplica fora tamanha que Malangrenant levou alguns instantes para compreender, depois para se recuperar da estupefação. O boieiro sorria sempre, com as duas mãos nos quadris gordos. Malangrenant corou até as orelhas; sua boca se contraiu de furor. Puxou desajeitadamente a curta espada de desfile que lhe batia na coxa e se atirou sobre o insultador.

Estava apenas a um passo quando o mendigo estendeu o bastão de sua bengala. Os pés de Malangrenant tropeçaram, ele cambaleou, soltou um grito e se estatelou em cima do esterco e da lama do calçamento.

Os camponeses, os indigentes, os vendedores e os soldados que estavam nas proximidades caíram na gargalhada. O boieiro já tratara de fugir às pressas, a uma velocidade impressionante para um homem de sua corpulência. Meteu-se no meio da multidão do mercado, onde desapareceu.

Furioso, Malangrenant levantou-se. Seu manto e seus calções amarelo-ouro estavam manchados de esterco.

— E então? — urrou para os soldados. — O que estão esperando? Agarrem-no!

Enquanto os homens de armas obedeciam, ele virou a cabeça para todos os lados, como uma galinha assustada, à procura do mendigo que o havia feito cair. Mas não o viu em parte alguma. Louco de cólera e humilhação, desferiu grandes golpes no chão com sua espada de desfile.

— Odeio essa gentalha! Odeio, odeio, odeio!

A frágil lâmina se partiu.

Alguns instantes mais tarde, do outro lado do pátio do castelo, o mendigo se apresentava à entrada da sala. Os soldados de sentinela o deixaram passar, segundo o costume que determinava que os miseráveis, nos dias de mercado, tinham o direito de pedir esmolas ao senhor do reino de Bénoïc.

Naquele dia, a sala tinha sido preparada para o grande acontecimento que deveria ocorrer naquela mesma noite. A respeito desse acontecimento, o mendigo tudo ignorava, por isso ficou surpreso ao ver dispostos, diante da imensa lareira onde se assavam três javalis, sete alvos de palha trançada. Na outra extremidade da vasta sala, uma grande mesa de banquete tinha sido preparada sobre um estrado forrado de flores e ervas frescas.

Mais curvado do que nunca, o mendigo deu alguns passos e depois foi se misturar, no canto onde estavam reunidos, a uma dezena de pobres que dividiam um pão preto. Sentou-se junto de um homem tão magro que, sob a pele esbranquiçada de seu crânio calvo e de seu rosto, podia-se ver a forma dos ossos. Com o canto do olho, sem desviar a cabeça, o homem o olhou se instalar. Depois, estendeu-lhe um pedaço de pão.

— Você é novo...

Com uma inclinação de cabeça, o mendigo agradeceu.

— Estou viajando. Cheguei ontem por aqui. Disseram-me que em Trèbe o senhor é generoso e oferece esmolas.

— O senhor? Disseram isto a você? Não há mais senhor aqui.

O homem magro cuspiu no chão.

— Trèbe e Bénoïc pertencem ao rei Claudas, não? — disse o mendigo.

— Claudas morreu. No último inverno.

— Claudas...? Claudas morreu...?

Pela primeira vez, o homem magro virou francamente a cabeça para o mendigo.

— Você parece bem afetado pela notícia... Que diferença pode fazer para você a morte de um rei que você nem conhece?

— Oh... A morte de um rei reputado por sua generosidade é sempre uma má notícia...

O homem magro riu, sarcástico, e cuspiu outra vez diante de seus pés.

— Claudas, generoso? Você foi muito mal informado. Quarenta anos de reinado, vinte anos de injustiças, assassinatos e rapinas...

— Mas... e esta hospitalidade, este pão que estamos comendo?

— É a rainha. Quando, há vinte anos, ele se casou com ela, nada podia nos acontecer de melhor. Foi graças a ela que a cada nova lua Trèbe fica aberta a todos para um dia de mercado e de esmolas. Foi ela quem mandou parar com o saque de nossas fazendas e nossos vilarejos e com o rapto de nossas moças mais bonitas. Tinha muita influência sobre ele.

— Mas, se ele morreu e ela reina em seu lugar, os dias agora estão mais felizes para os súditos, não?

O homem magro cuspiu pela terceira vez.

— Até poderiam, até deveriam... Mas isso não vai durar.

— Por quê?

Esticando um dedo que parecia o de um esqueleto, o homem apontou para a mesa do banquete.

— Está vendo isso? Eles vão se empanturrar aí esta noite e decidir nossa sorte.

— Quem? Não compreendo.

O indicador do homem magro apontou para os sete alvos montados diante do fogo.

— Esses círculos de palha nos dirão nosso futuro antes da meia-noite.

— Explique-me.

— É uma longa história, mas vou abreviá-la para você. Claudas era um impostor, um usurpador. Só se tornou rei traindo seu rei. Deste — se chamava Ban —, os velhos se lembram, era bom, era forte. Bénoïc vivia na opulência e na paz. Mas Ban envelhecia e não tinha um filho. Casou-se com uma mulher jovem e ela lhe deu esse filho que ele tanto desejava. Tudo parecia ir muito bem. Contudo...

— Contudo? — perguntou o mendigo, com uma voz alterada.

— Um homem velho, uma mulher jovem... Fatal união... Você com toda a certeza não sabe o que é, mas pode imaginar. O rei Ban era tão apaixonado pela esposa que negligenciou seu papel de rei. Pouco a pouco delegou seus poderes ao senescal, no qual depositava, desgraçadamente, toda a confiança.

— Claudas?

— Sim, Claudas. E Claudas soube tramar de tal maneira que as tropas do reino passaram para o seu lado. Depois se ligou aos invasores saxões. Uma noite, ele se apoderou de Trèbe. Ban, a mulher e o filho — que era apenas um bebê — só tiveram tempo de fugir com alguns acólitos.

— O que aconteceu com eles?

— Só foi encontrado, no dia seguinte, o corpo de Ban, em algum lugar no domínio do Lago, não longe da margem. De sua esposa e de seu filho, nunca mais se ouviu falar. Provavelmente os saxões, os Guerreiros Ruivos, os capturaram e mataram...

Fez-se um silêncio, durante o qual o mendigo balançou longamente a cabeça, e varletes vieram servir gamelas ao grupo dos miseráveis. O homem magro se levantou, disputou sua parte com os outros e voltou a se sentar perto do mendigo. Estendeu-lhe um pequeno pote de barro fumegante que cheirava a gordura de porco.

— Tome. Não se sabe o que o amanhã nos reserva.

O mendigo aceitou distraidamente a gamela.

— Você não explicou o porquê desses alvos no fundo da sala...

O homem magro bebeu com longos goles o caldo quente que tinham acabado de lhe servir, depois enxugou os lábios com as costas da mão e prosseguiu:

— O costume e a lei, meu amigo, eis o que acontece... A lei do reino de Bénoïc diz que uma mulher não pode reinar. É preciso um homem, um soberano em Trèbe.

— Você me disse que Claudas tinha tido um filho.

— Ele tem dezesseis anos. É jovem demais, e fraco demais. Sua mãe sabe disso: se subisse ao trono hoje, amanhã já estaria correndo risco de vida, por veneno ou por punhal. Então, a rainha decidiu se curvar ao costume.

— O costume?

— Esta noite, no final do banquete, todos os pretendentes ao trono vão se enfrentar em um concurso de arqueiros. Cada um disporá de sete flechas. Aquele que conseguir introduzir o maior número de flechas o mais perto possível da mosca do alvo se casará com a rainha e se tornará o dono de Bénoïc e de Trèbe.

— Quem são esses pretendentes?

A pergunta fez o homem magro cuspir mais uma vez.

— Malfeitores, filhos de vavassalos ou de saxões. O pior deles se chama Malangrenant.

— Eu o vi ainda agora no mercado.

— Tem cara de ser um belo cretino, não? Covarde demais para ser visto em um torneio, mas parece que é o melhor arqueiro da Gália. Amanhã ele terá todo o poder sobre o reino. Se ao menos eu soubesse...

— Se você soubesse o quê?

— Me servir de um arco. Eu tentaria minha sorte.

— Você teria o direito?

— Olhe: há sete alvos. Os pretendentes são seis. O sétimo alvo será oferecido, segundo o costume, a "quem ousar".

— Qualquer um?

— Sim, é a tradição. Qualquer um. Eu... ou mesmo você!

A idéia de que o mendigo pudesse atirar com o arco fez rir o homem magro.

— Na realidade — prosseguiu —, o sétimo alvo é apenas uma remotíssima esperança. Mas uma esperança, ainda assim...

— Ou seja?

— Dorin poderia reclamar o sétimo alvo.

— Dorin?

— O filho de Claudas e da rainha. Mas ele só tem dezesseis anos. E é tão frágil...

O homem magro cuspiu uma última vez entre os pés.

— Melhor não ter ilusões: amanhã o rei se chamará Malangrenant. E nós mergulharemos novamente na desgraça...

4

O sétimo alvo

O mendigo passou o dia sentado no meio dos miseráveis no canto da sala que o costume lhes reservava. O homem magro adormecera, acalmado e aquecido pela sopa com gordura de porco. Varletes e escudeiros circulavam pela sala, alguns cuidando dos javalis no espeto, outros renovando as braçadas de ervas e flores sobre o estrado, outros instalando assentos e bancos em volta da mesa do banquete. Ouvia-se, proveniente do pátio, o rumor da multidão dos vendedores e sua clientela.

A noite caiu. Varletes vieram acender as tochas, outros espalharam dezenas de castiçais sobre a mesa e sobre o estrado. Malangrenant apareceu na sala, vestido com novas roupas amarelas. Lançou à sua volta um olhar satisfeito, depois se aproximou dos alvos. Inspecionou-os um a um. Deu um risinho sarcástico quando alcançou o último, o sétimo. O mendigo desapareceu no escuro.

Assim que a noite caiu completamente, o som lúgubre de uma trombeta ressoou três vezes no pátio. Pouco depois, a multidão dos vendedores, dos camponeses e dos indigentes começou a se escoar para dentro da sala. Homens e mulheres — muitas delas carregando seus recém-nascidos, conduzindo aos gritos pequenos grupos de crianças — se postaram ao longo das paredes, em meio a uma barulheira de chamados, de risos e de encontrões. A trombeta soou de novo, longamente: um arauto estava no alto da escada, embocando seu instrumento. A multidão rapidamente se acalmou e se calou.

No topo da grande escadaria de pedra branca que descia diretamente até o estrado, apareceram duas silhuetas. A claridade das tochas e dos castiçais projetava sombras gigantescas sob a abóbada. O mendigo suspendeu ligeiramente a borda do capuz para melhor enxergar. O arauto soprou a trombeta. As duas silhuetas seguidas, e parecendo protegidas, por suas sombras imensas desceram lentamente a escadaria.

A rainha era uma mulher morena de cabelos longos caindo livremente sobre os ombros. Trajava um simples vestido branco. O mendigo ficou surpreso ao descobrir que ela tinha uma aparência tão jovem. Como podia ter sido casada com Claudas por vinte anos e ainda parecer uma moça? Como aquele comprido e frágil menino que lhe segurava o braço podia ser seu filho? Dorin era mais alto do que a mãe uma cabeça. Era ruivo, o ruivo profundo e escuro dos fogos que ardem secretamente. Como sua mãe, tinha grandes olhos de um azul intenso, que varreram lentamente a sala onde estava reunida uma centena de súditos de Bénoïc. O mendigo teve a estranha impressão de já ter visto aquele rosto — ou talvez aquele rosto fosse parecido com o desenho de um outro rosto que ele conhecia bem. Não teve oportunidade de elucidar o mistério: a rainha e Dorin chegaram ao final da escada e contornaram a longa mesa do banquete para se aproximarem de seus lugares.

A trombeta soou mais uma vez. Seis homens entraram na sala pela porta do fundo. Malangrenant à frente, foram se aproximando a passos lentos até o estrado, sem um olhar para os servos apertados contra as paredes. Com seus trajes de cores berrantes, exibiam-se, disse a si mesmo o mendigo, como grandes pavões ridículos. Chegados ao pé do estrado, fizeram uma parada e se inclinaram diante da rainha. Mas de uma tal maneira que mesmo esse gesto de polidez e de vassalagem podia passar por ironia.

— Senhores — declarou a rainha —, nós os aguardávamos.

Sarcásticos, todos cheios de si, subiram no estrado e ocuparam seus lugares em volta da mesa. Malangrenant sentou-se de frente para a rainha.

Uma última vez, o arauto soou a trombeta. Cavaleiros e suas damas, membros da corte de Trèbe, entraram, por sua vez, e, depois de saudar a soberana, foram se instalar à mesa do banquete. Os pretendentes olharam-nas afrontosamente, como se cada uma das damas pudesse ser a sua, como se seus cavaleiros serventes[1] não passassem de empregados domésticos.

O homem magro cuspiu no chão.

— Eles são piores do que saxões — resmungou. — E dentro de algumas horas um deles será nosso rei...

Deitou-se, encolhido, contra a parede.

— Não quero mais ver isso...

Para espanto do mendigo, o homem magro adormeceu imediatamente. Chegava até a roncar um pouco...

Pouco depois, os varletes trouxeram os pratos de javali e de caça e fizeram seu serviço, sob as ordens dos escudeiros encarregados do corte. Outros serviram o vinho.

Assim que um prato acabava de ser servido aos comensais da grande mesa do banquete, os varletes levavam os restos para a gente do povo sentada na sala. Ninguém ousava lutar ou se empurrar para obter os melhores pedaços. Mas cada um agarrava o que lhe era oferecido como se lhe fosse devido e enfiava-lhe os dentes na mesma

---

[1] Sujeitos à servidão. (N.T.)

hora. O mendigo disse a si mesmo que aqueles homens e aquelas mulheres eram parecidos com lobos.

O que o acordou? Quem pode saber? Quando a noite já ia bem avançada e as tochas e os castiçais tinham sido renovados, o homem magro teve um sobressalto e ergueu-se de uma vez só, com o nariz no ar, aspirando o aroma dos javalis e da caça. Pôs-se de pé, empurrou os que lhe atrapalhavam a passagem e conseguiu com alguma luta uma lebre assada, antes de tornar a se sentar junto do mendigo com um suspiro de satisfação.

— É preciso apanhar o que está à disposição, hein?

O mendigo balançou a cabeça amistosamente e perguntou:

— Como você se chama?

— Eu tive um nome, o que os meus pais me deram. Esqueci qual era. Agora, me chamam de Comemorte.

Enfiou os dentes no pedaço de lebre assada.

— E eu lhe provo: vou devorar até o osso deste manso coelhinho, que não me fez nada, mas que me alimenta. E você, como se chama?

— Eu não sou ninguém — disse o mendigo.

— Mas "ninguém" tem um nome?

O mendigo não teve que responder. O banquete da rainha, dos pretendentes e dos cavaleiros do reino chegara ao fim naquele momento. Foi depois de um gesto da rainha que o arauto soprou sua trombeta. O povo à volta parou de roer os restos dos senhores. Um grande silêncio se fez. Todo mundo compreendeu que o que estava sendo esperado, o que tinham vindo ver, o concurso de arqueiros, ia começar.

A rainha se levantou. Seu filho, Dorin, imitou-a. Ela disse:

— O costume é a lei. A lei é o costume. O melhor arqueiro do mundo será...

Hesitou. Dorin segurou sua mão e a apertou.

— ... será o novo soberano de Trèbe. Que sejam trazidos os arcos!

Enquanto tornava a se sentar e seu filho lhe falava no ouvido, sete varletes entraram na sala, cada um carregando um arco e uma aljava com sete flechas. Malangrenant foi o primeiro a deixar seu lugar na mesa e saltar do estrado. Com um sorrisinho torto, aproximou-se dos varletes, examinou desconfiadamente os arcos, as flechas e virou-se finalmente para a rainha:

— A senhora escolheu para nós, Helena, armas de gigante.

— Submeti-me ao costume — disse a rainha. — Cada arco deve ter o mesmo tamanho do arco do rei Ban, herdado por ele de seus ancestrais.

— Compreendo — respondeu Malangrenant. — Mas posso ver esse arco?

— O arco de Ban foi talhado na madeira de um velho carvalho sob o qual José de Arimatéia, a caminho de Logres e transportando o Graal, descansou, há mais de quatrocentos anos. Os arcos dos pretendentes nada mais são do que cópias.

— Pois bem, quero ver com meus próprios olhos o original. O arco primordial, digamos assim.

— Como quiser.

A rainha fez um sinal para o filho. Dorin, imediatamente, bateu palmas. Dois varletes — que até então tinham ficado no escuro, atrás da mesa do banquete — avançaram. Carregavam um arco de uma madeira escurecida e quase lignificada pelo tempo, maior do que o maior dos homens. Com um outro gesto, a rainha ordenou-lhes que o levassem a Malangrenant.

O qual parou de sorrir quando a arma lhe foi dada. O arco de Ban pesava demais na sua mão. Como se os próprios séculos e toda a linhagem de Ban pesassem juntos com todo o peso de sua tradição, de sua legitimidade reclamada por aquele que tinha a pretensão de ser o novo possuidor.

Malangrenant devolveu o arco aos varletes. Encolheu os ombros.

— Não é mais um arco. Não é mais carvalho, já virou pedra. Ninguém conseguiria atirar uma flecha com... *isso*.

— Aceita o desafio? — perguntou-lhe a rainha.

— Bem melhor, bem mais: eu o quero, eu o exijo!

— Muito bem.

Com um amplo gesto das duas mãos, a rainha mandou se levantarem os outros cinco pretendentes. Eles desceram do estrado. Todos querendo dar a impressão de gracejar, eles se aproximaram dos varletes. Pareciam muito nervosos.

— Escolham suas armas! — intimou-lhes a rainha.

Malangrenant foi o primeiro a decidir. Os outros, após algumas trocas de réplicas que pretendiam ser humorísticas, terminaram fazendo suas escolhas. A rainha levantou a mão, com a palma aberta diante dela: o arauto soou a trombeta.

— Estamos aqui — ela declarou — por um Julgamento de Deus! O costume e a lei de Bénoïc disseram: o melhor dos arqueiros será o novo senhor do reino! Eu digo, na minha qualidade de rainha e regente: "Obedeçam ao costume e à lei, obedeçam a Ban e a seus ancestrais, senhores que desejam seu reino!"

Malangrenant e os outros cinco pretendentes, com um arco na mão, se posicionaram na frente dos alvos de palha trançada. Com a ajuda de um longo pincel de tojo, um varlete traçou sobre os ladrilhos da sala uma linha cor de sangue. Os seis arqueiros se colocaram atrás dessa linha, a cem côvados dos alvos. Malangrenant, por sua vez, colocou-se diante do sexto alvo.

A gente do povo observava em silêncio aqueles seis homens, dos quais um, quando sete flechas tivessem sido disparadas, se tornaria seu amo e senhor. Eles não tinham nenhuma preferência. A não ser que Malangrenant perdesse, pois ele lhes parecia o pior amo e senhor possível. Embora também, desgraçadamente, o mais provável.

Os varletes se alinharam atrás dos pretendentes. Eles seguravam as aljavas. Os pretendentes foram escolher a primeira das sete flechas do desafio. Malangrenant revirou a sua por muito tempo entre os dedos, assegurando-se de seu equilíbrio e verificando sua empenagem.

— Prontos? — perguntou a rainha.

— Estamos prontos! — ele exclamou. — O desafio nos aguarda!

Ele sorriu, debochado, examinou seus cinco adversários e acrescentou:

— É o vencedor que lhe fala, Helena! Eu serei o seu rei, a senhora será minha esposa! Prepare-se para esta felicidade!

Riu outra vez e ajustou a primeira flecha em sua arma.

— Espere! — exclamou a rainha.

Os pretendentes, com um pé sobre a linha vermelho-sangue, uma flecha em uma mão, o arco na outra, suspenderam qualquer outro gesto.

— Resta o último alvo — ela prosseguiu. — O alvo daquele que, nobre ou não, ousar!

Houve um longo silêncio na sala. Os homens se entreolharam.

— Quem ousa? — perguntou a rainha.

Todos baixaram os olhos. Nenhum, fora um ou outro caçador furtivo, jamais sustentara um arco.

A rainha repetiu, mais alto:

— Quem ousa?

Dorin se levantou de repente, longo, magro e frágil. Abriu a boca e, enquanto nos seus lábios se formava uma palavra: "Eu ouso!", escutou-se explodir, entre os miseráveis, esta dupla afirmação:

— Eu quero um favor e eu ouso!

Era o mendigo. Ele claudicou até o meio da sala, apoiado em um bastão.

A rainha segurou a mão do filho. Dorin, furioso por aquele mendigo ter tomado seu lugar no sétimo alvo, cochichou no ouvido da mãe:

— É um homem de Malangrenant. Está aqui para me impedir de vencer o desafio.

— Vamos ver.

Lentamente, tranqüilamente, a rainha contornou a mesa do banquete.

— Quem é você, mendigo, para enfrentar este desafio? O vinho que meus varletes lhe serviram o deixaram exaltado?

— Eu não bebo vinho, Senhora.

— Sabe ao menos se servir de um arco?

— Eu saberei me servir... desse aí!

Estendeu o dedo, indicando o arco de Ban carregado pelos dois varletes.

Malangrenant e os pretendentes caíram na gargalhada, logo imitados por todo o público. Só a idéia daquele sujeito corcunda, manco, disforme, tomando nas mãos o arco de Ban já era a coisa mais engraçada que se podia imaginar!

— Impossível — disse a rainha. — Ninguém pode atirar com esse arco. Você sabe disso. O tempo transformou sua madeira em pedra.

— Eu sei o que nos faz o tempo — replicou o mendigo. — Por muito tempo meus ossos foram sólidos e flexíveis como a madeira do carvalho. Agora, eles estão duros e quebradiços como falésias. Esse arco se parece comigo. Nós saberemos nos entender. Ou nos quebraremos juntos.

— Você viu Malangrenant ainda agora. A arma era pesada demais para ele. Como você, velho, poderá utilizá-la?

— O costume me proíbe de tentar?

A rainha se calou por um instante. Procurou o olhar do filho Dorin; encararam-se. Ele inclinou imperceptivelmente sua bela cabeça de olhos azuis e de cabelos de fogo que arde secretamente. Então ela declarou:

— Faremos segundo sua vontade. O costume lhe permite. Portanto, eu lhe permito.

Um rumor de divertimento percorreu a multidão. Malangrenant e os outros pretendentes caíram na gargalhada.

— Ele vai se quebrar em dois, o velho indigente! Ele vai virar poeira!

— Mas permito com uma condição — acrescentou a rainha. — Se o arco de Ban se revelar pesado demais e sua madeira firme demais para suas forças, você vai se retirar do concurso e eu farei novamente a pergunta: "Quem ousa?"

O mendigo massageou os quartos.

— A senhora não vai ter que fazer essa pergunta — disse ele, calmamente.

Os risos da multidão e dos pretendentes se tornaram tão zombeteiros, e tão insultantes os comentários que trocaram, que a rainha precisou erguer as mãos para exigir silêncio.

— Temos que seguir o costume — disse ela. — Tente sua sorte, velho.

Depois de inclinar a cabeça em sinal de agradecimento, o mendigo claudicou até os dois varletes que lhe estendiam o arco de Ban. Inclinou-se penosamente, largou o bastão de sua bengala nos ladrilhos, ergueu-se com dificuldade, depois alcançou com as mãos a arma primordial. Com uma expressão de nojo, os varletes colocaram-na sobre suas palmas escuras de sujeira.

— Não vá se quebrar em dois sob o peso do desafio! — exclamou Malangrenant.

Alguns risos explodiram, mas logo se extinguiram: as mãos do mendigo não tremeram. Elas sustentavam os quatro côvados de madeira lignificada como um pedacinho de palha. Corcunda, mancando, ele se dirigiu para a linha vermelha onde estavam alinhados os seis pretendentes. Colocou uma extremidade do arco no chão, depois de nele atar o primeiro anel da corda. A arma, de pé, ultrapassava-o em mais de um côvado. Colocou a mão esquerda sobre o topo do arco. E apertou-o.

Para estupefação geral, a espessa madeira de pedra do velho carvalho dobrou-se. Inexoravelmente. Sem que o mendigo parecesse realizar o mínimo esforço. Um burburinho de surpresa e admiração percorreu a multidão. Quando o mendigo, como se brincasse com a prova, passou o segundo anel pela corda na extremidade superior da arma, o rumor tornou-se mais forte — e alguns aplaudiram. Feito isso, o mendigo esfregou as costas e se virou para o estrado.

— Passei pela prova com sucesso, Senhora? — perguntou com uma voz benigna.

Antes que a rainha pudesse responder, Malangrenant interveio:

— Ela é sua rainha, indigentezinho! Quem o autoriza a falar-lhe como só um cavaleiro teria o direito?

Ele avançou, ameaçador e despeitado, na direção do mendigo.

— E o que está escondendo por baixo do seu disfarce?

Estendeu a mão para arrancar-lhe o capuz. O mendigo o agarrou pelo pulso e o obrigou a recuar. Malangrenant tentou resistir, mas o indigente era forte demais. Ele se desvencilhou, o mendigo o soltou, ele deu dois passos para trás, ofegante.

— Senhora — queixou-se, virando-se para a rainha —, a senhora poderia eventualmente considerar a hipótese de esse... de esse... vagabundo, de esse velho governar Bénoïc?

A rainha passou o braço em volta dos ombros de Dorin.

— Eu me curvo ao costume e à lei. Ao Julgamento de Deus. Quem é você, Malangrenant, para se opor a ele?

Sem controlar mais seu furor, Malangrenant retirou a luva da mão esquerda e a atirou aos pés do mendigo.

— Eu digo, aqui, diante de todos, que vou matar o impostor!

— Tome cuidado — replicou o mendigo com sua voz rouca. — Há aqui, diante de todos, seis impostores. Todos vão morrer.

A rainha levantou as mãos.

— Basta! Que o concurso de arqueiros comece! Deus é testemunha!

O arauto soou a trombeta, abafando as últimas recriminações de Malangrenant.

Os sete concorrentes, os sete rivais se dispuseram atrás da linha. E era estranho ver se enfrentarem aqueles seis homens jovens magnificamente vestidos e o mendigo, o indigente, torto e curvado, envolto em seu manto imundo.

A rainha ergueu a mão direita. O arauto tocou a trombeta.

Primeira flecha.

O primeiro pretendente atirou. Seu dardo roçou o alvo e caiu dentro da lareira, onde pegou fogo sob as vaias do público. O segundo conseguiu espetar a flecha a um palmo da mosca do alvo; satisfeito consigo mesmo, ele saudou a multidão, que o aplaudiu vagamente. O terceiro e o quarto concorrentes tocaram a borda exterior do círculo. Quanto ao quinto arqueiro — o mais jovem e mais magro —, ninguém acreditava nas suas chances. Ele mesmo também não acreditava: estava tremendo. Um grito de desprezo na assistência fez com que soltasse sua flecha: ela se cravou por milagre a dois dedos do centro. Foi aclamado em meio aos risos.

Chegou a vez de Malangrenant. Com um sorriso malévolo nos lábios, examinou seus rivais um a um — salvo o mendigo. Depois esticou o arco, mirou e abriu os dedos sobre a corda. A flecha, toda vibrante, alcançou o centro exato do alvo. Ele saudou à sua volta, sem ligar para o pouco apoio e sucesso popular que obtinha. Virou-se com uma mão no quadril para o mendigo.

— Divirta-nos — disse-lhe.

O indigente colocou tranqüilamente sua flecha sobre a corda do arco de Ban. Que ele estendeu além do extremo limite de flexibilidade que se podia esperar de um arco tão velho, de uma madeira tão velha.

— Mostre-nos seus talentos!

Malangrenant acreditava que o desconcentraria. Estava errado. O mendigo disse simplesmente:

— Veja.

Soltou a corda, a flecha, a tensão do velho arco de carvalho. O dardo alcançou o centro exato do sétimo alvo. A potência foi tamanha que o alvo foi transfixado e a seta entrou até o fim.

O público soltou gritos de admiração, aplaudiu. O homem magro, Comemorte, foi visto chegando à frente da multidão para berrar:

— Vamos! Vamos, Ninguém!

E a multidão repetiu como um refrão:

— Ninguém! Ninguém! Ninguém!

A trombeta do arauto ressoou. Os clamores do povo se acalmaram. A rainha disse:

— Primeiro arqueiro, você perdeu, retire-se! Que o concurso recomece!

Na segunda prova, o quinto arqueiro, que tremia mais ainda, foi eliminado. Depois da terceira e da quarta, só permaneceram na liça Malangrenant, o mendigo e um jovem vestido de calções vermelhos e uma camisa bordada de prata.

Depois, no término da quinta prova — quando o jovem atirou seu dardo longe demais do centro do alvo —, só permaneciam na disputa Malangrenant e o mendigo. Restavam para cada um deles duas flechas.

Malangrenant devia atirar primeiro. Colocou-se na posição, o pé esquerdo na beira da linha de sangue. Estendeu a corda do arco contra o peito, prendeu a respiração — e todos, na sala, também prenderam. Finalmente, com um golpe seco, abriu os dedos. A flecha assoviou no ar. Foi cravar-se, vibrante, à distância de meio dedo do objetivo perfeito. Os seis dardos de Malangrenant formavam uma espécie de buquê muito estreito no meio do círculo de palha. Parecia impossível fazer melhor.

Foi a vez de o mendigo colocar-se atrás da linha. Tanto quanto nas vezes precedentes, ele não mostrou cansaço nem tremeu ao esticar o enorme arco de Ban. Mal levou tempo mirando. Com um gesto ao mesmo tempo preciso e desenvolto, relaxou a corda. A flecha pareceu perfurar tão depressa o espaço que ninguém viu o percurso do vôo. Depois houve um breve estalo seco e toda a assistência soltou um grito de espanto: a ponta da sexta flecha cortara a madeira da primeira, separando-a em duas metades em toda sua largura antes de ir se cravar no centro exato do alvo.

A surpresa geral diante do feito transformou-se em um clamor de entusiasmo. Aplausos, gritos, repetia-se o estranho nome do mendigo, depois de Comemorte: "Ninguém! Ninguém! Ninguém!" Com o rosto desfigurado pelo despeito e pelo ódio, Malangrenant reuniu os outros cinco pretendentes.

A rainha ergueu as mãos para exigir mais uma vez silêncio.

— A prova concluiu o veredicto!

— Não! — gritou o pretendente de calções vermelhos. — Um indigente jamais governará Bénoïc!

— Jamais! — ecoaram os outros pretendentes, puxando suas espadas.

— Jamais! — concluiu Malangrenant.

Ele prendeu sua última flecha no arco.

Quando compreendeu suas intenções e antes que sua mãe pudesse impedi-lo, o jovem Dorin pulou por cima da mesa do banquete, com a arma na mão.

— Felonia! — exclamou.

E precipitou-se na sala, com a arma em riste.

Foi o bastante para reverter a situação? Ou o mendigo terá precisado de mais ajuda? Ninguém jamais saberá.

De repente, o indigente, o pavoroso, o manco e corcunda ergueu-se em todo o seu verdadeiro tamanho. Não era mais disforme. Livrou-se de seu manto grosseiro, revelando uma simples cota branca marcada no ombro com uma lista vermelha. Sob os cabelos grisalhos, via-se um homem de alta e forte compleição, de torso e membros poderosos atirando-se na batalha.

Era Lancelot.

Perturbado, Malangrenant deu um passo para trás. Hesitação que durou o tempo suficiente para que Lancelot armasse seu arco e lançasse sua flecha. Ela atravessou a garganta de Malangrenant de um lado a outro.

Enquanto isso, o jovem Dorin atirara-se sobre os dois pretendentes mais próximos. Com alguns golpes de espada, ele os desarmou e matou-os todos. Os outros três tentaram fugir. Mas a multidão barrou-lhes o caminho e empurrou-os para Lancelot, que avançou ao seu encontro. Não tinham mais escolha senão bater-se. Desembainharam suas espadas, tremendo.

Lancelot não se deu ao trabalho de puxar a adaga que trazia à cintura. Servindo-se do arco de Ban como de uma maça, fez voarem suas espadas como se fossem meros bastões e atingiu todos três. A luta não durou mais do que alguns instantes.

5

A revelação

Na sala do castelo de Trèbe, a multidão manifestava há muito tempo uma exultação feroz. Não se sabia se festejava o advento daquele guerreiro desconhecido ou se celebrava o sangue derramado e a morte de Malangrenant e dos pretendentes desonrados.

Quanto a Lancelot, não mostrou nenhum sinal de alegria ou de vitória. Aparentemente insensível e surdo às aclamações, com os olhos faiscando no rosto negro de poeira, dirigiu-se com um passo firme ao estrado. Os cavaleiros e suas damas, cujo primeiro gesto teria sido cumprimentá-lo, afastaram-se com temor quando ele saltou com flexibilidade junto da mesa do banquete. Aquele rosto, e aquelas mãos — sujas, asquerosas, negras como atributos demoníacos... Desde logo, no fundo de si mesmos, eles se perguntavam: não teriam escapado de um eventual reinado de Malangrenant para cair sob o jugo de um homem bem mais perigoso e tirânico?

Lancelot parecia não vê-los. Só tinha olhos para a rainha Helena, diante dele. Ela também, apesar de sua coragem, estava inquieta. Pálida e tensa sob o olhar do cavaleiro, enfrentou-o.

— O senhor é o vencedor — disse. — Eu o cumprimento. Amanhã, Senhor, nós nos veremos para falar das questões do reino, uma vez que, segundo a lei e o costume, o senhor passou a ser o rei.

Lancelot jogou o arco de Ban sobre a mesa. Ele se partiu como uma pedra, em muitos pedaços.

— Ignoro o que faremos amanhã, Senhora. A senhora disse, agora eu sou o seu rei. Conseqüentemente, a senhora é a minha rainha.

Helena empalideceu mais ainda. Levou a mão ao peito.

— Devo concluir, Senhor...?

Lancelot apanhou um grande cântaro e derramou sua água clara dentro de uma bacia. Mergulhou as mãos nela, esfregando-as vigorosamente.

— A senhora compreendeu bem. Veja: estou fazendo minhas abluções, depois subiremos para o quarto real.

— Vamos, o senhor não pode... É indigno! — protestou um dos cavaleiros.

Lancelot virou-se para ele. Bastou um olhar para fazê-lo desviar os olhos e depois baixar a cabeça. Lancelot apanhou outro cântaro, derramou-o no rosto e, rindo de prazer, limpou o rosto, sempre rindo, por provocação. A beleza de seu rosto, marcado com finas rugas, fez murmurarem as damas. Fazia muito tempo que Lancelot deixara de ser sensível a esse tipo de vaidade. Não se sentiu lisonjeado.

— Helena — disse ele à rainha, enxugando a face e a boca com um pedaço largo da manga —, agora vamos subir.

De início, ela pareceu não querer obedecer.

— O senhor não se apresentou. Como se chama?

— A senhora escutou: eu não sou ninguém. Conhecerá o meu nome quando o momento chegar.

Ele lhe estendeu, lhe *impôs* a mão, com uma violência mal contida. Ela fechou os olhos, suspirou e se dirigiu lentamente para a escada, onde Lancelot foi juntar-se a ela.

Nesse momento, uma esbelta silhueta ruiva saltou sobre o estrado, na frente dele.

— O senhor é um grande arqueiro, um orgulhoso combatente e sem dúvida nosso novo rei! — exclamou Dorin, tremendo de cólera. — Mas é um reles grosseirão, Senhor!

Pela primeira vez, Lancelot esboçou um ligeiro sorriso.

— Foi você que veio me ajudar ainda agora? Não lhe agradeço, pois não precisava de você, varlete.

— Não tenho o que fazer com a sua gratidão! Só presto contas à minha consciência e a Deus! E eu não sou varlete, sou Dorin, príncipe de Trèbe e filho de Claudas e de Helena!

Dessa vez, Lancelot riu abertamente, de uma maneira deliberadamente insultuosa.

— Se você é filho de Claudas e se parece com ele, então sua consciência é muda e culpada...

Depois dessas palavras, deu um passo adiante.

— Afaste-se.

— Vou fazer o senhor engolir suas injúrias!

Vermelho de raiva e humilhação, Dorin levantou sua espada.

Lancelot agarrou-o pelo pulso e apertou-lhe o punho. Sem parecer fazer o menor esforço, forçou o jovem a largar a arma e obrigou-o a se curvar, depois, a ficar de joelhos. Em seguida, com um ligeiro empurrão com o pé, derrubou-o para fora do estrado. Dorin caiu sobre os ladrilhos.

A multidão começou a rir, maldosamente.

— Vocês estão rindo?

Lancelot virou-se para a sala. Ameaçador, magnífico nos seus calções e cota brancos com uma lista vermelha, o rosto e os cabelos ainda brilhantes da água que havia derramado, varreu a multidão com um só olhar.

— Qual de vocês tem a coragem de Dorin? — perguntou. — Qual? Qual de vocês vai se opor a mim? Que venha à frente e que ria com o rosto à mostra! Você, Comemorte? Você que tem tanto espírito crítico?

O homem magro se encolheu no meio da multidão.

— Do que ele reclama? — resmungou. — Eu digo o que penso, mas as pessoas de quem faço troça não chegam a saber... Do contrário, onde vamos parar?

— Quem mais? — perguntou Lancelot. — Vamos, estou esperando! Estou esperando coragem!

O cavaleiro percorreu com um olhar de desprezo a multidão, onde todos baixavam a cabeça ou se viravam. Em meio ao silêncio mais unânime.

— É este o povo sobre o qual vou reinar? Vocês me envergonham. Mereciam um Malangrenant.

Depois de pronunciada essa condenação, ele foi se juntar à rainha ao pé da escada. Tomou-lhe a mão — que encontrou fria e reticente.

— Não tenha medo, Senhora — sussurrou-lhe de modo a que ninguém mais pudesse escutar. — A senhora foi a esposa de Claudas. Nada de pior pode lhe acontecer depois disso, não é?

Ela estremeceu. Quis retirar a mão. Ele a agarrou com mais força.

— Vamos.

O quarto real era uma peça redonda à meia altura do torreão. Sete seteiras se abriam, suficientemente largas para deixar passar bastante luz. Era mobiliado apenas com um leito. Um vasto leito quadrado, em cima de pés, inteiramente fechado por pesadas cortinas azuis — como um outro quarto, íntimo e fechado, no centro do quarto de pedra.

Lancelot trancou a porta atrás dele. Helena, sempre muito pálida, respirava com dificuldade. Ele a olhou fixamente por muito tempo, irônico.

— Está me parecendo bem nervosa e assustada, Senhora. Ficou assim também no dia de suas núpcias com Claudas?

— Não é da sua conta, Senhor.

Ele começou a andar em volta dela, lentamente, como um animal selvagem em volta de sua próxima presa.

— Mesmo nos mais longínquos locais onde vivi até hoje, Claudas era conhecido. Diziam que era um traidor, um usurpador e um assassino. Explique-me, Senhora: como e por que alguém se casa com um homem desses?

Com os olhos fechados, os braços ao longo do corpo, os punhos cerrados, Helena murmurou:

— Quem é o senhor? O que veio fazer em Trèbe? O que quer?

— Compreender. Compreender, já lhe disse, o que a fez escolher Claudas, esse traidor, esse usurpador, esse assassino.

— É meu segredo — ela respondeu com um suspiro.

— Um segredo?

Agarrou-a pelos ombros, chegando a machucá-la. Ela abriu os olhos. Ele acreditava que leria o medo nos seus olhos: viu apenas desafio — mas um desafio calmo, sereno, o desafio de uma mulher que não se submeterá a seu agressor. Desconcertado, soltou-a.

— Confie-me esse segredo, Senhora. Sou agora seu rei e seu marido. Não deve me esconder nada.

— Esse segredo me pertence. Sou a única a ter o direito de conhecê-lo... Fora o meu filho...

— Seu filho? Compartilha com o pequeno Dorin um segredo bem culpado...

— Dorin... Ele não sabe de nada...

— De quem está falando, então? Ele é seu filho, não?

— Ele é... meu filho. Sim. Meu filho. Deus o protege...

— Quem é esse filho, então, que compartilha seu segredo?

Helena voltou-se e deu alguns passos na direção de uma das sete largas seteiras do quarto. Sete retângulos de noite recortavam-se, salpicados de estrelas.

— Eu perdi esse filho — disse. — Se me casei com Claudas, foi por causa dele. *Por ele*. Contudo, não o revi nos últimos quarenta anos. Ignoro até mesmo se está vivo.

Lancelot passou a mão nos cabelos. Um pouco de água molhou sua palma. Não estava entendendo mais nada.

— Quarenta anos? É impossível.

Segurou Helena pelos ombros e virou-a para si. Enfrentaram-se com o olhar, e o mesmo azul intenso brilhava em ambos. Examinava-a como um animal.

— Está mentindo. Que idade tem Dorin? — perguntou.

— Dezesseis.

— Ele é o filho de Claudas?

— Não! — exclamou a rainha. Corrigiu-se: — Sim... Ele é o filho de Claudas... Pela metade de seu sangue... Mas, acredite ou não, Dorin não é o *filho* de Claudas.

— Eis aí um curioso paradoxo: Dorin seria o filho de Claudas, e mesmo assim não seria filho dele? Explique-me: ele é filho do Diabo?

Helena soltou-se das mãos de Lancelot e, com lágrimas nos olhos, começou a vaguear no meio do quarto como uma louca.

— Dorin é o filho de Claudas — repetiu.

— E esse outro filho, de quarenta anos? — perguntou Lancelot. — Basta de mentiras! Está me contando fábulas! Está querendo ganhar tempo!

Agarrou-a pelo braço e arrastou-a para a grande cama quadrada. Ela se debateu, mas não tinha força. Ele abriu com violência a cortina e atirou a rainha sobre o colchão.

— Não — ela disse. — Não é uma mentira.

Ele se inclinou e segurou-lhe o pescoço com a mão. Deitou-se pela metade sobre ela.

— A senhora não pára de mentir! Como pode ter um filho de quarenta anos quando só parece ter vinte e cinco? É ele, o filho do Diabo?

Helena fechou outra vez os olhos.

— O Diabo só teve um filho neste mundo. Chamava-se Merlin.

— Merlin...?

— Sim, Merlin, o mago, o encantador, o grande conselheiro de Uther-Pendragon... Quando eu era menina, recém-nascida, ele pousou a mão na minha fontanela. Ele me deu o dom, não da juventude — ele não tem esse poder —, mas da *aparência da juventude*. Eu sou uma mulher velha. Mas você não vê.

Desamparado, Lancelot recuou. A rainha se ergueu e arrumou os cabelos maquinalmente.

— Está mentindo para mim. Merlin, ao pousar a mão na fontanela pouco depois do nascimento, só concedeu o dom da eterna juventude a uma mulher, uma única, a que eu amei.

Helena abriu os olhos, enormes de espanto.

— O senhor amou Guinevere, a mulher de Arthur?

— Como sabe o nome dela?

— Guinevere é minha irmã. Minha irmã mais velha. Como Merlin predissera, ele que sempre nos protegeu, nós nos casamos no mesmo dia. Minha irmã Guinevere se casou com Arthur, rei de Logres. Eu me casei com o rei de Bénoïc, Ban. Eu o amei, ele me deu um filho que nos foi roubado na beira do Lago, há quarenta anos, quando o pai dele estava morrendo. Entrei para um convento, onde escondi meu sofrimento e meu luto. E, depois, Claudas — que o senhor tem razão de chamar de usurpador e de assassino — procurou uma nova esposa. Ele repudiara a primeira, que não lhe dava filhos. Ele me escolheu porque eu era a viúva de Ban, seu antigo senhor. Veio me tirar do convento, de minha solidão, de meu luto. Claudas não queria apenas o reino de meu marido, queria também o ventre da mulher dele. Não dou a ninguém o direito de pretender que eu estava errada: terminei aceitando. Claudas reinava sobre Bénoïc pela força e pela injustiça. Pensei em obter influência suficiente sobre ele para modificar sua política. Ele reinava sobre Bénoïc? Então eu reinaria sobre ele. Bastava lhe dar um filho, uma vez que era um filho, um herdeiro o que ele queria. Eu fiz essa criança para ele. Ficou tão grato a mim que, nestes últimos dezesseis anos — os anos que viveu Dorin —, ele me consultou, escutou e se tornou, senão um bom rei, ao menos um rei, creio, cujos súditos não tinham mais do que se queixar.

"Pense o que quiser sobre mim. É verdade que Claudas roubou o lugar e o poder de Ban, meu primeiro marido. É verdade que ele era violento, tirânico, imprevisível. Mas é verdade também que eu soube governá-lo, que me casei com ele com esse objetivo, e que o povo de Bénoïc — que o senhor não tem razão de desprezar — conheceu desde então uma vida menos difícil. Eu poderia ter matado Claudas enquanto ele dormia. Pensei nisso durante todas as primeiras semanas de nossa união. Mas, para que serviria? A lei e o costume teriam me obrigado a organizar um concurso de arqueiros para determinar quem seria o novo rei. Esperei que Claudas morresse naturalmente e que meu filho tivesse crescido o suficiente para enfrentar a prova e sair dela vitorioso. Sua chegada, esta noite, derrubou em um instante os anos e anos em que sofri com o único objetivo de fazer Dorin obter o direito de dizer: 'Eu ouso', e vencer Malangrenant..."

Desamparado, desesperado, Lancelot virou-se violentamente, depois bateu com o punho uma porção de vezes seguidas na parede de pedra.

— A senhora está mentindo! Está mentindo! ESTÁ MENTINDO!

Com as falanges sangrando, caiu de joelhos.

Helena se aproximou e inclinou-se sobre ele.

— Desde a mais tenra infância, Dorin, em segredo, treina o tiro com arco. Quando, durante a cerimônia, perguntei: “Quem ousa?”, era ele que deveria responder. Era ele que deveria enfrentar Malangrenant e os outros. Ele os teria vencido, tenho certeza. Uma flecha de Dorin pode atravessar a asa de uma vespa em pleno vôo. Por que o senhor veio? Por que o impediu de consumar o ato para o qual ele foi educado: tornar-se o rei de Bénoïc? Quem enviou o senhor?

Lancelot não respondeu. Estava chorando.

*

O boieiro se encolheu em um canto da parede, perto da entrada do torreão. Os indigentes, os miseráveis, a gente do povo, os vendedores tinham deixado a corte de Trèbe. A noite estava clara. Escutavam-se, ao longe, os soldados trocando pilhérias.

— Pelos deuses e pelos druidas! — grunhiu o boieiro.

Fechou os olhos e concentrou-se. Nada aconteceu. Tateou os quadris: ora, continuava tão gordo quanto um instante antes...

— Não é possível — resmungou. — Afinal, sou o maior mago da terra...

Colocou a mão sobre os olhos, mergulhou — espiritualmente — em si mesmo e repetiu:

— Pelos deuses e pelos druidas!

Uma espécie de frêmito elétrico percorreu-lhe o corpo.

— Ah, finalmente...

Respirou fundo, contraiu as pálpebras e recitou:

— Pelos deuses do antigo mundo e pelos druidas e sua sabedoria, pelo Diabo e pelo Graal, devolvam-me a mim mesmo!

A eletricidade então fez mais do que estremecer: ela o tetanizou. De boca aberta, atingido no coração, caiu sentado. Durante um momento, viu-se agitado por tremores, o crânio batendo, cadenciado, contra a pedra da parede. O que o deixou meio atordoado.

Quando reabriu os olhos, olhou primeiro para as pernas, depois para as mãos. Sim, suas pernas estavam de novo longas e magras — e os calções do boieiro flutuavam nelas de forma ridícula. Sim, suas mãos, longas e magras também, não se pareciam mais com as pequenas salsichas que ocupavam o lugar dos dedos do boieiro de que ele fizera o papel. Satisfeito consigo mesmo — "Meus poderes ainda funcionam" —, pôs-se de pé.

Por pouco não caiu para a frente. Com uma mão, apoiou-se na parede, no último momento.

— Pelos deuses e pelos druidas, o que está acontecendo?

Examinou os pés, depois apalpou a barriga, e soube "o que estava acontecendo". Sob o efeito da fórmula mágica, suas pernas tinham aumentado, claro, mas não os pés, que tinham ficado pequenininhos e gordos como os do boieiro. E, se as mãos tinham recuperado sua forma original — magras, nodosas e elegantes —, não era o caso dos braços, que continuavam tão curtos e rechonchudos como quando ele estava no seu papel de boieiro. Para não falar da barriga e do torso: eram os de um anão obeso. Quanto à cabeça, ele a apalpou, achou-a redonda demais, perguntou-se qual era a fórmula mágica para fazer surgir um espelho, "Espelho, espelho, diga-me se continuo bonito", e, diante de seu próprio reflexo, teve que admitir que, lamentavelmente, estava vivendo seus últimos tempos de mago.

— Bosta de druida — disse a si mesmo (o que era o pior "xingamento" de um mago) —, estou parecendo um sapo constipado.

Com efeito, com suas grandes mãos magras, suas longas pernas, a cabeça grande e a barriga grande, estava parecendo um batráquio gigantesco.

O que — pois não lhe faltava humor a respeito de si mesmo — teria podido diverti-lo. Mas ele viu somente o que aquilo revelava: tinha cada vez menos poderes mágicos, e não era mais capaz sequer de mudar corretamente de aparência. Mas, o que quer que lhe acontecesse, precisava intervir. Estava ali para isso.

— Obrigado, Diabo, meu pai — rosnou entre os dentes. — Graças a você, nunca me entediarei: quando o mundo corre para o abismo, minha intervenção é sempre necessária. O que me leva a crer que, no fundo, é você que quer salvar este mundo...

Merlin — pois, claro, era ele — começou a subir a escada do torreão, desajeitado em seu novo corpo. "Contanto que eu chegue a tempo", pensou.

*

— Por que está chorando? — perguntou a rainha. — Responda-me.

Lancelot levantou-se com dificuldade. Com o lado da mão, enxugou as lágrimas.

— Perdoe-me — murmurou. — Eu não queria... Eu não sabia...

Ele gemeu:

— Deus não vai me perdoar...

Helena tocou-lhe delicadamente o ombro.

— Explique-me.

Ele hesitou longamente antes de ousar olhá-la nos olhos. Ela viu que ele perdera toda a brutalidade — e quase toda a coragem.

— Senhora — disse, com uma voz baixa —, nunca agradecerei suficientemente a Deus por ter lhe dado força de ânimo para resistir a mim... Quase cometi um erro irreparável...

— Não estou compreendendo.

Desajeitadamente, ele segurou as mãos dela e apertou-as contra o próprio peito. Ela sentiu que ele tremia.

— Senhora, esse filho... esse filho que há quarenta anos lhe roubaram... era eu...

— O senhor?

Com um movimento convulsivo, a rainha arrancou suas mãos das de Lancelot. Cambaleou.

— O senhor? — balbuciou.

— Meu nome é Lancelot. Lancelot do Lago, pois cresci no Domínio da fada Vivian. Ela me educou como seu filho e me ensinou a arte da cavalaria.

— E o senhor é... você voltou aqui...

— Para me vingar. Vingar meu pai. Eu não sabia que...

Não disse mais nada. Helena aproximara-se dele e o contemplava com uma extraordinária emoção. Finalmente, fez o gesto maternal de lhe acariciar a face. Ele se abandonou um instante e depois, com um sobressalto de pudor, afastou-se.

— Perdoe-me, Senhora — disse. — Eu... achei que vinha aqui para consumar uma última missão sagrada. Mais uma vez, minha violência e meu orgulho obscureceram meu espírito.

— Você não podia saber...

Ele fez um esgar de cólera contra si mesmo.

— Eu deveria. Meu coração deveria ter falado.

— Pouco importa o que aconteceu. O importante é que você esteja aqui, que nós tenhamos nos reencontrado. Bénoïc precisava de um novo rei. A Providência enviou você. Que melhor soberano para o reino do que o filho de Ban? *Meu* filho? Tudo lhe é perdoado, evidentemente.

— A senhora é boa e magnânima. Aceito seu perdão. Mas não tenho o direito de perdoar a mim mesmo.

Inclinou subitamente a cabeça e se dirigiu para a porta.

— Lancelot! O que está fazendo?

— Vou-me embora. Retiro-me do mundo, não há mais lugar para mim. Adeus.

— Meu filho!

Helena se precipitou para ele. Mas ele já havia passado pela porta. Fechou-a antes que ela o alcançasse e desapareceu na escada.

*

Na volta do primeiro patamar, ele se chocou com uma grande silhueta que subia. Merlin caiu de costas, batendo com a cabeça na parede.

— Valham-me os druidas! — grunhiu. — Não dá para prestar atenção? Já é difícil se manter de pé com esta barriga de sapo!

Essa voz...

Estupefato, Lancelot se curvou sobre o grande corpo caído no chão.

— Merlin?

— Ah! É você! Ajude-me a levantar, em vez de ficar aí como um idiota, de boca aberta...

Lancelot segurou-lhe a mão. Merlin, atrapalhado com as pernas longas demais para seu tronco curto demais e roliço demais, terminou conseguindo se levantar novamente.

— Aonde vai assim correndo? — perguntou. Depois bateu na própria testa: — Não me diga que está vindo do quarto da rainha! Não me diga que cheguei tarde demais! Não me diga que você... que você... Oh, não...

— Acalme-se — respondeu simplesmente Lancelot.

— Você...? Então, ficou sabendo? Já sabe?

— Sim, a rainha me falou desse filho que lhe roubaram há quarenta anos.

Merlin deu um longo suspiro de alívio.

— Bem! Ela nos evitou o pior... Mas então, diga-me, é você o novo rei de Bénoïc? Tudo está bem quando acaba bem!

Ele passou amistosamente o braço sob o do cavaleiro.

— Você vai precisar de um conselheiro. Quanto a mim, preciso de um lugar seguro e tranqüilo para terminar minha carreira de mago e de conselheiro particular de reis. Bem comprometida, reconheço... Olhe para mim: estou perdendo pouco a pouco todos os poderes, mesmo os mais simples... Que mundo... Vou precisar de uns bons quinze dias de sono profundo até reencontrar a energia para recuperar uma aparência menos... grotesca.

— Merlin, fique aqui o tempo que quiser. Acho que Helena vai acolhê-lo com amizade.

Ele soltou o braço, delicadamente.

— Vamos nos dizer adeus.

— Adeus? Por que adeus?

— Perdi a graça divina que me autorizava a me pretender cavaleiro. Vou embora. Estou me retirando do mundo.

— Você está louco? Renda-se às evidências: o círculo do seu destino está trancado. Você entrou no reino do seu pai! "Tudo está bem quando acaba bem", eu lhe disse!

Lancelot começou a descer os degraus.

— Minha decisão está tomada. Conceda-me a liberdade de quebrar o círculo.

— Lancelot, volte! Lancelot! Aonde você vai?

— Para a floresta. Para Brocéliande.

— Volte! É o pior lugar para se ir!

Mas Lancelot desaparecera na escuridão da escadaria. Merlin fez um gesto tão enraivecido e brutal que quase perdeu o equilíbrio.

— Você está errado! — gritou, apoiando-se na parede para não cair. — É ainda e sempre o seu orgulho que o comanda! Você vai ver! Acredita que vai se retirar do mundo, mas o mundo não vai deixar você em paz!

Sua voz ressoava na escada, inutilmente.

Repentinamente triste e cansado, Merlin sentou-se com as pernas cruzadas. Com a sua longa mão espalmada, acariciava um joelho inacreditavelmente torto.

— Brocéliande... Imbecil... Lá onde todos os mortos o aguardam...

II

A Floresta

1

Ao longo do rio

Desde o começo da viagem, certos sinais deveriam tê-lo alertado. Mas Lancelot não os percebeu. Percorria os caminhos sem nada enxergar à sua volta. Seu coração estava escuro e frio.

Nas cavalariças de Trèbe, os escudeiros o haviam aclamado quando entrara, não podendo imaginar que a sua alegria e admiração o feriam, pois ele se considerava indigno delas. Acreditando que ele viera escolher um cavalo, disputaram a honra de lhe mostrar os melhores cavalos de batalha*, os palafréns* mais majestosos, os rocins mais sólidos. Mas ele os ignorou, foi até o fundo da cavalariça e disse:

— Essa é a minha montaria.

Escolheu um asno, um pequeno e esquálido asno de olhos tristes. Os cavalariços começaram a rir, pensando que ele estava brincando. Mas, quando ele se aproximou do pobre animal — que, freqüentemente surrado, teve um sobressalto de temor —, inclinou-se para pegar um punhado de palha e começou a esfregá-lo, eles se entreolharam, consternados. Um deles chegou perto de Lancelot.

— Senhor, deixe-me limpar esse animal em seu lugar.

O cavaleiro repeliu-o com delicadeza.

— Um asno carregou Nosso Senhor Jesus Cristo quando ele entrou em triunfo em Jerusalém. Acredita que não era o próprio Jesus que o limpava?

O escudeiro, assustado, afastou-se. Olhou para os companheiros e, encolhendo os ombros, tocou na própria têmpora, como quem diz: "Esse homem é louco."

Com os mesmos gestos de ternura exagerada, Lancelot arreou o asno. Um outro escudeiro lhe trouxe uma sela leve, que o cavaleiro não quis. Simplesmente dobrou uma manta de lã e estendeu-a sobre a espinha do animal. Após o quê, segurou as rédeas nas mãos e saiu para o pátio. Os escudeiros o seguiram a distância, na luminosidade acinzentada da aurora próxima. Só quando chegou à ponte levadiça Lancelot montou no asno. Estalou a língua.

Assim, os escudeiros foram os últimos a ver Lancelot quando deixou Trèbe para sempre. A sombra de um homem cavalgando um pequeno asno magro.

Seu caminho o conduzia para o oeste. Para o sol poente. Para a imensa floresta da Bretanha. Brocéliande. O santuário para onde se retiram os eremitas, onde os druidas da antiga religião iam buscar sabedoria e magia. A floresta cujos mistérios tinham sido sempre ciosamente guardados pelos que os haviam enfrentado sem jamais elucidá-los.

Lancelot e seu asno, a partir da tarde do primeiro dia, se aproximaram da borda do rio Loire. Era o mais largo e o mais agradável dos rios que Lancelot vira até então. O calor do verão que principiava fizera florir suas margens e atraíra inúmeros pássaros. Hordas de cervos e javalis vinham ali beber água, tranqüilamente. As proximidades do rio e a água azul-esverdeada do próprio Loire pareciam compor uma imagem do jardim do Éden, fértil, sereno e vicejante, banhado por uma luz ao mesmo tempo suave e intensa, serena e radiante.

Lancelot não via nada disso. Ensimesmado, avançava, ora nas costas do pequeno asno, ora (com mais freqüência) caminhando do seu lado. Do Loire ele não sabia, nem queria saber, a não ser uma coisa: se seguisse seu curso, chegaria à região da Bretanha, onde se estendia a floresta de Brocéliande, seu único objetivo.

*

— Não é possível... Por que ninguém o reconheceu? Nem mesmo a senhora...

De manhã, Helena convocara Dorin ao seu quarto. O jovem príncipe tinha ido lá com os punhos e as mandíbulas cerrados, pronto para enfrentar o vencedor da véspera, o guerreiro cuja força e lucidez no combate o tinham impressionado, o homem cujas maneiras ofensivas e brutais o haviam exasperado. Mas, quando ele entrou no quarto de sua mãe, só ela estava presente. Ela o fizera se sentar na cama junto dela e havia lhe contado o essencial da conversa com Lancelot.

— Então, ele é meu irmão? Ele, o maior cavaleiro do mundo? De quem li e escutei falar de todos os feitos desde que era criança?

— Sim — murmurou a rainha —, que ironia... Fiz você ler e ouvir os feitos dele desde a sua mais tenra infância. Formei você como gostaria que um filho devesse ser sem saber que seu modelo, nosso modelo, era o meu próprio filho...

— Não fique triste, minha mãe. A senhora fez o que deveria ser feito.

Dorin abraçou Helena.

— Nós bem sabemos, a senhora e eu, que é provável que eu não tivesse ganho o concurso de arqueiros. E, se ganhasse, tudo leva a crer que Malangrenant e seus pretendentes teriam me assassinado. Não poderia ter nos acontecido nada de melhor do que a chegada desse mendigo que era Lancelot, seu filho... meu irmão.

— Terá você razão? Estará errado? Não sei. De um jeito ou de outro, Bénoïc continua sem rei.

— O reino tem um soberano: ele se chama Lancelot.

— Ele foi embora. Não reinará.

— Está enganada, minha mãe: Lancelot reina. Todo mundo o viu ganhar o concurso de arqueiros e matar os pretendentes. Tem a favor dele a lei e o costume.

Helena segurou Dorin pelos ombros.

— Mas ele foi embora! Recusa-se a desempenhar seu papel de rei!

— Quem sabe que ele não quer reinar? Além da senhora? Ele foi embora? Grande coisa! Ele é rei, pode agir como bem entender.

— Você quer dizer...? Eu vou mentir? Fingir que Lancelot é nosso novo rei e que ele reina...?

— Sim! E a senhora continuará a governar como regente! Sempre soube fazer isso, mesmo quando Claudas, meu pai, era vivo...

— Estarei mentindo.

— Há mentiras necessárias. E é uma mentira que não vai durar.

— Como assim?

— Vou seguir as pegadas de Lancelot. Saberei convencê-lo a voltar para Trèbe. Se ele é de fato o cavaleiro de que as lendas falam, saberá que deve assumir suas responsabilidades. Ele voltara para Bénoïc.

— Ele não vai escutar você...

— Por quê?

A rainha contemplou Dorin com ternura, depois acariciou-lhe os cabelos.

— Ele vai descobrir a verdade. Nós mentimos durante tanto tempo — dezesseis anos!

— Nós mentimos porque precisávamos mentir! Não é? Sem essa mentira, Claudas a teria repudiado. Aliás, nós só mentimos para Claudas. Deus conhece tão bem nossas mentiras quanto suas razões. Alguma vez fomos apanhados em flagrante delito?

— Não... Mas, principalmente quando você era criança, precisei batalhar cada dia, cada hora, cada instante, para esconder a verdade.

— A verdade? Não há outra senão esta: eu sou Dorin, supero todos os varletes no arco, no cavalo ou na espada — até mesmo na luta! Espero somente uma coisa, minha mãe: que o próprio Lancelot me declare cavaleiro!

Helena empalideceu.

— O que quer dizer?

— Eu lhe digo — declarou Dorin — que vou deixar este quarto, que vou às cavalariças apanhar um cavalo e me encontrar com Lancelot!

— Escute-me...

— Não, não vou escutá-la. Se Lancelot não reinar em Bénoïc, então eu reinarei. E só ele pode me ensinar a ser um cavaleiro e um rei!

— Você jamais será cavaleiro ou rei! Sabe disso! É impossível! — exclamou a rainha.

— Tudo é possível para quem quer!

Com essas palavras, Dorin deixou o quarto.

Pouco depois, entrou nas cavalariças. Escolheu com um único olhar o rocim mais sólido e mais resistente. Os escudeiros o selaram enquanto lhe relatavam o singular comportamento de Lancelot, algumas horas antes.

O sol já estava alto no céu quando o jovem príncipe lançou-se a galope nas pegadas do cavaleiro e seu asno.

Não teve dificuldade em alcançá-los. Um pequeno vale descia com uma suave inclinação até o largo leito do Loire. Sobre a margem de areia clara, um homem de cota branca, segurando um pequeno asno pela brida, caminhava com um passo indiferente em direção ao oeste.

Dorin reteve a montaria. Decidiu que era mais prudente não se acercar do cavaleiro imediatamente. Apesar da estranha humildade exibida por ele diante dos escudeiros, Dorin temia ainda a violência de suas reações. Estalou baixinho a língua, e seu rocim partiu a passo. Assim, o jovem príncipe começou a seguir de longe Lancelot, seu meio-irmão.

*

Durante vários dias, tudo se passou desta maneira: de madrugada, Lancelot se levantava, fazia suas abluções na água do rio, depois passava uma brida pelo focinho do asno e colocava uma coberta dobrada sobre sua espinha. Após o quê, prosseguia ao longo da margem, virando as costas para o sol nascente.

Por sua vez, a uma distância de algumas centenas de passos, Dorin fazia os mesmos gestos: levantar-se, fazer abluções, arrear o rocim. A única diferença era que ele subia às costas de sua montaria.

De tempos em tempos, cruzavam com camponeses ou viam passar barqueiros que os saudavam alegremente, de pé sobre suas largas barcas de fundo chato. Ao meio-dia, o cavaleiro almoçava uma carpa pescada com o arco — uma única flecha lhe bastava. Dorin o imitava, embora tivesse, nos dois ou três primeiros dias, mais dificuldade em apanhar um peixe dessa maneira. Finda a refeição, Lancelot prosseguia a marcha, e só a interrompia quando caía a noite. Nesse momento, depois de escolher um local seco e fresco não distante da beira do rio, ele esfregava o asno e depois o deixava livre. E, armado do arco, embrenhava-se em um bosque próximo de onde saía pouco tempo depois com um coelho ou uma ave na mão, que ele assava, enquanto Dorin, por sua vez, ainda percorria os bosques à procura de alguma caça.

Em nenhum momento Lancelot dava a impressão de saber que estava sendo seguido da madrugada ao anoitecer — e imitado em tudo.

No quinto dia, ocorreu uma primeira exceção a essa repetição tranqüila de fatos e gestos. Como de hábito, Lancelot fez uma parada na hora do sol a pino. Mas deixou seu arco perto do asno e retirou a cota e os calções. E foi assim, nu, que ele entrou na água do rio.

Perplexo, Dorin se perguntava o que ele iria fazer. Permaneceu ao lado de seu cavalo, observando o cavaleiro.

Este tinha agora água até o meio das coxas. Tinha se imobilizado, com as costas curvadas, as mãos abertas, afastadas do corpo, o olhar fixo sobre a superfície espelhada do Loire. Passou-se o que para Dorin pareceu um tempo interminável, durante o qual Lancelot não se mexeu, como se estivesse petrificado, enquanto, no calor do verão, insetos zumbiam em volta do rosto do jovem príncipe e o rocim abanava a cauda ou agitava as orelhas para espantar as varejeiras que o assediavam.

De repente, o cavaleiro mergulhou as mãos no rio. E, igualmente rápido, ergueu-as: segurava nas mãos uma carpa que se remexia lançando clarões de prata sob o sol. Alguns instantes mais tarde, Lancelot estava de volta à margem. Bateu o peixe numa pedra. Sem sequer se dar ao trabalho de se vestir, preparou e acendeu um fogo.

Dorin não tinha nenhum meio de determinar se o cavaleiro agira naturalmente ou se se tratava de uma espécie de jogo significando: "Você que está me seguindo e me copia em tudo, pois bem, me mostre do que é capaz."

— Ah — disse para si —, acha que eu não sou suficientemente esperto para capturar uma carpa com a mão? Você vai ver.

E se apressou a retirar a cota. Repentinamente, interrompeu o gesto e corou. Não. Não, não *podia* ficar nu. Era impossível. Impensável.

— Azar — resmungou com mau humor.

Todo vestido, avançou resolutamente para dentro do rio. Achou a corrente mais forte e mais fria do que teria imaginado, mas nem cogitou de desistir. Entrou na água até as coxas, com os pés solidamente plantados na areia do fundo. E espreitou, em meio aos reflexos da superfície, a passagem de uma carpa.

Avistou uma quase na mesma hora. Preparou-se, prendeu a respiração, esperou que o peixe ondulasse preguiçosamente entre duas águas bem perto de suas pernas... e mergulhou as mãos! Sentiu o corpo frio, nervoso, deslizar entre seus dedos, mas perdeu o equilíbrio, soltou um breve grito de desapontamento e caiu. Vexado, furioso, debateu-se contra a corrente, a água lhe entrou pelas narinas, ele tossiu, cuspiu e finalmente conseguiu ficar de pé. Enxugou com raiva o rosto, os olhos, e deu uma olhada na margem.

Lá, a duzentos passos, Lancelot acabava de se vestir sem deixar de vigiar o cozimento da refeição.

Inútil contar uma por uma as tentativas frustradas de Dorin e seus inúmeros mergulhos involuntários no Loire. Obstinava-se em vão: as carpas, embora um pouco medrosas — ou talvez se divertindo com aqueles salpicos —, vinham continuamente nadar até entre suas pernas.

Enquanto isso, Lancelot tinha terminado calmamente a refeição. Parecia não ter olhado nem uma vez para o lado de Dorin. Apagou o fogo com um punhado de areia, segurou a rédea do asno e recomeçou a caminhar.

Dorin foi obrigado a renunciar às suas infelizes tentativas. Voltou para a margem e montou na sela. Encharcado, transido, tiritando, de mãos vazias e faminto, esporeou o cavalo para não perder de vista as silhuetas do homem e do asno que entravam, adiante, ao longe, em um bosque de salgueiros.

Naquela tarde, quando chegou a hora do acampamento, Lancelot, como de costume, depois de retirar a brida e alimentar o pequeno asno, dirigiu-se para as matas próximas. Mas, como na ocasião em que tinha ido para a pesca dentro do Loire, foi sem o arco. Enrolara, contudo, uma corda na cintura.

Obviamente, Dorin não podia fazer outra coisa senão também ir à caça de mãos vazias. Depois de um dia de jejum forçado, tinha uma fome de lobo. Pensou em se munir também da corda que seu cavalo tinha nos coldres, porém, não imaginando que uso poderia dar a ela, decidiu se contentar com uma simples adaga. Deu uma olhada no céu, que escurecia: a lua acabara de aparecer acima do rio.

Depois de avançar alguns passos dentro da mata, teve que se render às evidências. A noite caía e, sob as folhagens, a escuridão era quase completa. Parou. Prestou atenção. O que lhe parecera primeiro um profundo silêncio se encheu então de mil ruídos. Uivos longínquos, últimos gritos de aves antes do sono, débeis cavalgadas de pequenos animais, zumbidos e roçaduras de todas as espécies terminaram inquietando-o. A noite da mata era viva, muito mais animada do que o pleno dia.

Dorin tratou de se persuadir de que não havia nenhum motivo para sentir medo — ou, pelo menos, de que um futuro cavaleiro devia superar o medo. Recomeçou a andar, quase às cegas. Distinguia apenas sombras — negras, sobre um fundo cinza-escuro.

De repente, a alguns passos à sua direita, escutou as folhas de um arbusto se agitando. Uma lebre, disse para si. Uma ave, talvez... Logo em seguida, o assobio característico do faisão ecoou, bem próximo. Embora não sabendo exatamente como se serviria dela, ele empunhou a adaga e se aproximou bem devagar. O arbusto se agitou outra vez — e, dessa vez, pareceu-lhe distinguir a sombra curta e compacta. O faisão assobiou duas vezes. "Ele está a dois passos", pensou, com o coração palpitando. "Ele não me vê, não me ouve. Lá vou eu!"

Atirou-se na direção do arbusto. Então, instantaneamente, sentiu o tornozelo preso e agarrado com uma força extraordinária que o puxou violentamente para o alto. Dorin soltou um grito de terror, largou a adaga e se viu suspenso no ar, de cabeça para baixo, balançando como que na ponta de um fio.

O assobio do faisão deu lugar a um grande riso zombeteiro. E ele compreendeu tudo: aquele "fio" era uma corda, a corda que tinha visto Lancelot levar para dentro da mata. Tinha caído estupidamente em uma armadilha preparada especialmente para ele.

— Cavaleiro! — berrou. — Isto não é engraçado! Tire-me daqui!

Mas não se sentia com autoridade nem segurança para gritar daquele jeito, pendurado pelo pé.

Mãos o seguraram pelo ombro; ele parou de se balançar. Viu, bem perto do seu, mas ao contrário, o rosto de Lancelot — ou, mais precisamente, o brilho azul de seus olhos na penumbra.

— Ei-lo em má postura, jovem Dorin. Isto está se tornando um hábito entre nós. No outro dia, em Trèbe, você se esborrachou no chão. Hoje, ao meio-dia, você chafurdava comicamente no Loire. E agora...

— Cavaleiro, solte-me!

— Claro que vou soltar você. Mas só quando me prometer...

— Solte-me, estou lhe pedindo! Não discutirei com o senhor enquanto eu... enquanto eu...

— Não tiver recuperado alguma dignidade?

Ofendido, Dorin se debateu e tentou atacar o cavaleiro. Este não teve nenhuma dificuldade em escapar do golpe.

— Quanta energia! — zombou. — Por que não a emprega em coisas mais úteis? Como, por exemplo, voltar para junto de sua mãe e cuidar dela? Por que se obstina em me seguir e imitar meus feitos e gestos?

— Minha mãe é também a sua, cavaleiro! Somos, portanto, ligados pelo sangue!

— Grande coisa... Eu não sou mais filho de ninguém. E não me chame mais de cavaleiro, pois eu não sou mais.

Dorin ia replicar: ele lhe tapou a boca. Curvou-se bem junto do seu ouvido e murmurou:

— Prometa que vai voltar para Trèbe e eu o soltarei.

Dorin sacudiu furiosamente a cabeça. Lancelot retirou a mão.

— Jamais!

— Por quê? Por que está fazendo isto?

— Quero me tornar cavaleiro. O senhor é o único no mundo que pode me permitir.

— Você é príncipe de Bénoïc: dezenas de cavaleiros ficarão felizes e lisonjeados em lhe conceder a pancada*.

— Não! Só o senhor pode fazê-lo!

— Existe neste... capricho uma razão... digamos, razoável?

— Há uma.

— Pode falar.

— É um segredo.

— Mesmo para mim? Não faz sentido!

— Não posso lhe explicar nada. Preciso da sua confiança.

Lancelot se calou por uns instantes, refletindo.

— Bem — prosseguiu, finalmente. — Já perdi tempo suficiente com você. Pela última vez, vai retomar o caminho para Trèbe?

— Não.

— Então, adeus.

Tomou a mão de Dorin, colocou nela um objeto duro e frio e foi-se embora. Desapareceu na escuridão.

— Lancelot! LANCELOT!

Ao longe, a voz do cavaleiro gritou de volta:

— Bom apetite, senhores lobos e corvos!

— Não! Lancelot! Meu irmão!

Um suor de pânico molhou a espinha e a testa de Dorin. Ele se debateu, chamou ainda várias vezes o cavaleiro e depois, esgotado, desistiu.

Os lobos... Os corvos...

Então, tomou consciência do objeto que Lancelot tinha posto na sua mão. Apalpou-o com cuidado, com medo de largá-lo. Era... sim, era uma pedra... Por que uma pedra?... Com a ponta dos dedos, percorreu-a mais uma vez. E descobriu sua aresta. A aresta *cortante*.

Quase soltou um urro de alegria. De alívio.

Mais tarde, graças a muitas contorções e com a ajuda da pedra cortante, depois de conseguir cortar a corda, ele caiu com toda a força no chão. Queria ter levantado na mesma hora, mas seus membros, suas costas, sua nuca, todo o seu corpo lhe doía. Ficou no chão, com os braços em cruz, tão dolorido e cansado que podia ter dormido se, de alguma parte sob as árvores, não tivesse escutado a aproximação de um animal. Ergueu-se de um salto e olhou em volta, dizendo a si que estava tão escuro que não sabia para onde ir. Onde estava a saída do bosque? Foi então que viu brilharem duas pequenas chamas geladas, a uns vinte passos. Depois, mais outras. E mais duas...

— Os lobos... Os olhos deles!

Não se perguntou mais nada. Saiu correndo. Sempre em frente. Chocou-se contra um tronco de árvore. Atrás, ele *os* escutava correndo também... Elevou o olhar para as folhagens, instintivamente. E fez bem, pois, diante dele, entre as folhas, percebeu um pedaço de lua. Lembrou-se de tê-la visto subir, exatamente acima do rio. Bastava fugir na sua direção!

Correu como nunca tinha corrido na vida. Tropeçou em raízes, galhos baixos atingiam seu rosto quando passava, mas nada conseguiria fazê-lo andar mais devagar. Finalmente, encontrou a saída do bosque. Precipitou-se por ela, com os pulmões em fogo. Ao sair dentre as últimas árvores, topou em uma pedra, caiu, rolou várias vezes, levantou-se, correu, correu, correu até a margem, até seu rocim. Saltou na sela na mesma hora e foi somente então, quando se sentiu em segurança, que olhou para trás.

Lá atrás, no limite da mata, uma matilha de lobos acabara de surgir na luz pálida da lua. Um deles, o maior de todos, o mais cinzento, sentou-se, elevou o focinho para o céu e uivou longamente.

Com um arrepio, Dorin esporeou o cavalo, que partiu a galope ligeiro pela praia.

Não havia mais vestígio do acampamento. Lancelot e seu asno tinham partido.

Nos dias seguintes, mesmo forçando a marcha de seu cavalo, Dorin não alcançou mais Lancelot. A todos os camponeses que encontrava, ele perguntava se o haviam visto. Parecia que ninguém havia cruzado com ele, nem o avistara.

O mistério não era tão grande. Dorin teve de admitir que Lancelot afastara-se de seu caminho para ter certeza de despistá-lo.

Uma manhã, as margens do Loire se alargaram. Dorin chegou a um porto para onde convergiam numerosos navios — barcos de fundo chato que ele tinha visto ao longo de todo o rio e veleiros de pescadores. Ele não parou. Prosseguiu o caminho, como se o atraísse o vento fresco que soprava suavemente do oeste. Logo o Loire se tornou tão largo que não merecia mais o nome de rio — não se via mais a margem oposta.

Pouco antes da noite, Dorin alcançou o oceano. Passara os dezesseis anos de sua vida no reino de Bénoïc. Não conhecia o mar, a não ser por alguns relatos que lera ou que alguém lhe fizera.

O que estava diante de seus olhos ultrapassava totalmente a imaginação. Desceu do cavalo e avançou até a borda das últimas ondas. O tecido de sua cota estalava no peito, sacudido por um vento que parecia vir do outro lado do mundo — como o sopro do próprio Deus. Alguma coisa no fundo de si mesmo, mais poderosa do que a vontade consciente, lhe deu vontade de ficar nu.

Retirou rapidamente a cota e os calções, caminhou ao encontro das ondas e mergulhou alegremente.

O oceano, o mar era o seu elemento.

Quanto tempo ele passou assim, brincando no meio das ondas? O sol não era mais do que um longo traço púrpura no horizonte quando ele voltou para a praia.

— Ora vejam — disse uma voz debochada —, eu teria muito o que contar se voltasse agora para Trèbe...

Um homem estava sentado na areia. Um homem sem idade, muito magro — tão magro que dava para ver cada um de seus ossos do rosto e do crânio. Desamparado, Dorin tentou como pôde esconder sua nudez enquanto se precipitava para suas roupas.

— Quem é o senhor?

— Excelente pergunta. Faço-a de volta. Quem é você de fato, jovem príncipe de Bénoïc?

Dorin se vestiu às pressas.

— O que o senhor quer?

— A mesma coisa que você: reencontrar Lancelot. Isso tinha de acontecer a nós dois.

— Por quê?

O homem magro se pôs de pé. Fez lentamente escorrer a areia de seu punho.

— O tempo está passando, o tempo é curto — disse. — Conheço uma parte do seu segredo. Vou lhe confiar uma parte do meu: meu nome é Comemorte.

Esfregou as palmas, como se quisesse se livrar dos últimos grãos de areia.

— O tempo passou. Tenho que honrar meu sobrenome. Com a sua ajuda. A caminho!

2

As chaves do Outro Mundo

Depois de deixar Dorin preso na armadilha, pendurado de cabeça para baixo, Lancelot foi para junto do asno e atravessou a pé o vau até a margem direita do rio. Caminhou durante toda a noite. De manhã, entrou em um lugarejo onde trocou o pequeno asno e uma dezena de moedas de ouro por um grande e corpulento cavalo de lavoura de pêlo preto. Depois disso, montado no animal que poderia sem nenhuma dificuldade carregar três homens, pegou a estrada do noroeste. Tinha pressa de alcançar Brocéliande, pressa de acabar com sua vida de cavaleiro, pressa de deixar para trás uma existência que não queria mais e da qual tudo, a começar por aquele menino Dorin, conspirava para relembrá-lo.

Sentia-se triste, naquele momento, por não ter manifestado mais alegria ao reencontrar a mãe. Tinha a sensação de um novo fracasso. Não lamentava a decisão de renunciar ao reino de Bénoïc, e sim o fato de ter se mostrado mais uma vez mau cavaleiro: seu orgulho e seu desejo de vingança — dois sentimentos proibidos aos verdadeiros cavaleiros — o haviam feito se desorientar a ponto de quase ter abusado da própria mãe. Via nessa circunstância uma nova prova, uma prova definitiva de que fora abandonado por Deus e pelo destino. Vinte anos antes, havia cometido o erro imperdoável de amar a mulher de seu rei. Por causa desse erro, dessa falta, não tinha consumado seu destino: obter o Graal. Por causa desse erro, dessa falta, tinha feito a vida inteira a escolha errada.

Ou então...

Acariciou maquinalmente o pescoço preto do cavalo de lavoura que montava. Percebeu vagamente que se aproximava de um castelo cujas muralhas brancas se tornavam rosadas sob os raios do sol poente.

Ou então...

"Ou então, eu usei o pretexto desse erro, dessa falta, para nunca consumar o que deveria ser consumado — para nunca *me consumar*. Tive medo das responsabilidades de meu destino. Fiz tudo, até procurar a morte, para escapar a ele. Teria podido obter o Graal, se tivesse acreditado. Se tivesse acreditado em mim." Lembrou-se daquele dia, na beira de uma falésia, diante da ilha de Gorre, em que Guinevere dissera: "Lancelot não virá para Camelot*." "Os cavaleiros me amavam, admiravam meus feitos, eu só tinha que replicar: 'Meu lugar é em Camelot. Eu salvei sua vida, Guinevere, você não pode mais me proibir o que quer que seja.' Em vez disso..."

— Eu sou um louco! — exclamou Lancelot. — Eu sou um louco há vinte anos! E o coração fez de mim um covarde...

Claro que, no alto da falésia, naquele dia, acreditara que Guinevere o desprezava. Mas por que se mostrara tão ingênuo? "Ela não me desprezava, ela me amava, agora eu sei... Ela acreditava, por causa do espelho negro de Baudemagus e do que vira nele, que eu a enganara. O que eu poderia ter feito?"

— Seguramente não o que fiz — disse entre os dentes enquanto se aproximava de carvalhos multicentenários de troncos enormes, cujos galhos e folhagem eram tão densos que barravam a luz do dia. — Nada, ninguém — nem a Providência Divina, nem Guinevere nem Merlin, nem o que acreditei serem meus erros e minhas faltas —, nada, ninguém é responsável pelo que sou hoje. A não ser eu. Nunca tive medo em combate? É porque sabia que venceria sempre. Onde está minha coragem? Tão logo um "maior cavaleiro do mundo" maior ainda do que eu se manifestou, o meu filho Galahad, não parei mais de ser derrotado. Não que meus adversários fossem mais fortes do que eu: é que me persuadi de que, contra eles ou contra qualquer outro, eu ia perder...

Como se passasse a ser o árbitro dos debates de consciência de Lancelot, o grande cavalo preto parou na fronteira invisível entre o castelo de muralhas brancas e a floresta de árvores escuras. Lancelot passou a mão na testa. Era preciso tirar da cabeça esta pergunta assustadora: ele era quem devia ser (quaisquer que fossem as circunstâncias) ou não fizera outra coisa senão afundar no erro e na falta desde aquele longínquo dia em que encontrara o olhar de Guinevere e a amara?

O grande cavalo de lavoura não se fazia tantas perguntas. Tinha fome. Farejou no castelo o cheiro de aveia. Por sua própria iniciativa — enquanto seu dono filosofava —, atravessou a ponte levadiça, entrou no pátio e, com as narinas fremindo, encontrou o caminho das cavalariças.

Foi só ao chegar junto dos rocins, dos cavalos de batalha, dos palafréns, das mulas e dos asnos, no meio do cheiro de palha e de estrume, que Lancelot voltou à realidade e perguntou:

— Onde estou?

— Na casa da baronesa Clésythyre — respondeu uma voz atrás dele.

Lancelot se virou: um homem de alta estatura, vestido — tal qual o monge de uma ordem que Lancelot não conhecia — com uma longa túnica preta e um capuz puxado sobre o rosto, estava parado no meio da estrebaria.

— Perdoe minha intrusão. Eu estava... estava mergulhado em meus pensamentos e meu cavalo me conduziu até aqui sem que eu me desse conta.

— Ele fez bem. Esta noite, a baronesa sonhou com um cavalo preto trazendo um cavaleiro branco. Ela o aguarda.

Perplexo com aquela acolhida, Lancelot saltou da montaria. A qual se aproximou do cocho. Os outros cavalos, as mulas e os asnos se afastaram nervosamente para lhe abrir passagem. Uma jumenta loura, assustada, escoiceou, quebrando as pranchas do seu compartimento.

— Ho! — fez o monge elevando as mãos. — Está tudo bem!

Como se tivessem compreendido, como se ele os tivesse subjugado, os animais se acalmaram. O gordo cavalo preto, enquanto isso, mergulhara o focinho na aveia.

O monge fez um sinal para Lancelot.

— Se quiser me seguir...

*

Lancelot não cruzou com um único varlete, um único escudeiro, um único serviçal, uma única donzela ou dama dentro do castelo. Lá só havia monges de hábito preto, sombras silenciosas e sem rosto. Eles andavam depressa em grupos de dois ou três, com a cabeça baixa sob o capuz, as mãos cruzadas sobre o ventre, enfiadas dentro das mangas.

— Este local é um monastério? — perguntou Lancelot a seu guia.

— Não exatamente.

— Mas... todos esses monges...

— É o pessoal do castelo. O senhor não pode reconhecê-los, mas há donzelas e damas, cavaleiros e varletes, médicos e serviçais.

Eles subiram por uma escada em caracol. Lancelot se espantou:

— Por que estão vestidos desse jeito?

— O senhor fará a pergunta à baronesa Clésythyre.

Ditas essas palavras, chegaram a um corredor. O monge conduziu Lancelot até um quarto cuja porta ele abriu. Um fogo crepitava na lareira. Uma grande banheira de estanho fumegava, cheia de água quente.

— Tome um banho, cavaleiro. Depois, vista as roupas que foram preparadas para o senhor. Em seguida, vai jantar com a baronesa.

Depois de se inclinar, o monge foi embora. Lancelot entrou na peça, fechou a porta e olhou em volta dele. Viu, dispostas em cima de uma poltrona de madeira, roupas pretas. Cota e calções. Foi até a banheira, meteu a ponta dos dedos — a água estava muito quente — e continuou a inspecionar com o olhar as paredes e o teto. Procurava um indício, um sinal de uma armadilha.

Não viu nada. Nada de ameaçador. Após tantos mergulhos na água fria do Loire, a perspectiva de um banho quente não lhe era desagradável. Não hesitou mais. Despiu-se e entrou na banheira. Na hora, sentiu-se extraordinariamente bem. E, pouco depois, adormeceu.

Sonhou. Era de fato um sonho? Aquilo se parecia tanto com a realidade... Ele cavalgava um gordo cavalo preto — o mesmo que deixara nas cavalariças. Tudo ia bem, a sela era mais do que confortável. Até que o cavalo, pouco a pouco, começou a galopar. Um pesado galope que parecia fazer tremer o solo sob os cascos. De início, Lancelot achou essa sensação de velocidade e poder muito agradável. Mas o cavalo galopava cada vez mais depressa — tão depressa que a paisagem em volta era cada vez menos visível, presente; e terminou por desaparecer completamente. O cavalo preto e seu cavaleiro galopavam no vazio. Não havia nada em volta deles, nem acima, nem abaixo. Nem luz, nem escuridão.

— O nada!

Lancelot acordou com um sobressalto, não sabendo se gritara na realidade ou no sono. Esfregou o rosto, ficou de pé dentro da banheira — quanto tempo tinha dormido? A água do banho continuava quente. Contudo, nas duas janelas da peça, a noite já tinha caído. Como se ele tivesse dormido horas inteiras.

Secou-se com a ajuda de toalhas que tinham sido dispostas junto da grande tina de estanho. Foi se vestir — e se lembrou das palavras do monge negro: "Vista as roupas que foram preparadas para o senhor." Passou a mão na cota e nos calções pretos que lhe eram destinados. De seda. Da mais pura seda.

Pela última vez, examinou o quarto. Nenhuma armadilha havia ali. A intuição — ou o fato de já estar habituado às ciladas que lhe tinham sido armadas e que ele conseguira frustrar — lhe disseram para permanecer alerta.

— Querem que eu coloque estas roupas pretas — murmurou para si. — Vou colocar. À minha maneira.

*

Mal acabou de se vestir, o monge negro entrou no quarto.

— A baronesa Clésythyre o espera.

Lancelot seguiu-o pelo corredor e pela escada. Entraram na sala.

Seis pessoas trajando hábitos de monge estavam encostadas em uma parede, seis outras na parede em frente. As seis últimas estavam alinhadas, de pé, diante de uma grande mesa de banquete.

À mesa, havia apenas um conviva: uma mulher muito morena, de longos cabelos soltos lhe cobrindo os ombros, cujo rosto era de uma luminosa palidez de lua. Ela se levantou à chegada de Lancelot. Carregava um pesado molho de chaves no cinto. Designando-lhe com uma mão de longas unhas brancas o assento à sua direita, ela disse:

— Estou encantada de acolher em minha casa o célebre Lancelot.

O cavaleiro se aproximou lentamente do assento, sempre examinando as três vezes seis personagens de preto dispostos na sala.

— Sinto-me lisonjeado que tenha me reconhecido — disse ele. — Embora nenhum de meus combates tenha sido travado nesta região do mundo.

— A fama de um cavaleiro como o senhor atravessa todas as fronteiras. Eu é que me sinto honrada com sua passagem por aqui...

— Foi um mero acaso — ele a interrompeu. — Ou a vontade de meu cavalo.

— Sente-se.

Lancelot obedeceu. Instalou-se à direita da baronesa Clésythyre. Um sopro de ar frio o fez estremecer. Deu uma olhada em volta dele: as portas, contudo, estavam todas fechadas. Clésythyre estendeu sua longa mão de unhas brancas sobre a mesa, bem perto da mão de Lancelot.

— Estou contente com a sua presença entre nós. E com a possibilidade de compartilharmos esta refeição.

— Eu agradeço sua hospitalidade.

As unhas brancas roçaram o lado da sua mão. Ele se viu percorrido por uma onda de gelo. Instintivamente, jogou-se para trás. Clésythyre lhe sorriu.

— O senhor me parece bem enfraquecido, cavaleiro... Jantemos.

Ela bateu palmas, sem deixar de lhe sorrir. Dois dos monges negros que estavam perto da mesa se aproximaram da baronesa e do cavaleiro. Ofereceram-lhes, cada um, um prato que Lancelot juraria que não estavam carregando um instante antes. Colocaram um diante da baronesa, o outro diante de Lancelot. Com um sinal de Clésythyre, retiraram as tampas.

Lancelot trincou os dentes para não lançar o grito de horror que sua anfitriã, provavelmente, esperava dele.

Diante dele, à guisa de prato, havia uma cabeça. Humana. E perfeitamente reconhecível. Era a de Garvain, seu amigo e seu mestre, aquele que, antes de Lancelot chegar à corte de Camelot, era considerado o melhor cavaleiro do mundo e o "paradigma de cortesia". Morto há dez anos na batalha de Carduel.

Sobre o prato servido à baronesa Clésythyre, uma outra cabeça: a de Arthur, o rei da Távola Redonda, o marido de Guinevere, também morto em Carduel.

— O que significa esse horror? — exclamou Lancelot.

— Os mortos querem lhe falar, Lancelot — disse Clésythyre. — Todos esses mortos sempre acompanharam você... Não se livrará deles — e da sua consciência culpada —, a não ser que os devore!

— Morte ao Diabo! — berrou Lancelot, levantando-se e derrubando seu assento. — Morte ao Diabo e aos seus sequazes!

Por reflexo, procurou a espada na cintura: não a carregava mais.

— Olhe — disse-lhe Clésythyre. — Olhe o que se faz com a consciência e com os remorsos!

Segurou a cabeça de Arthur e enfiou-lhe os dentes. Parecia uma loba fincando os caninos em uma presa.

Não escorreu sangue. Os mortos não sangram. Enquanto a cabeça de Arthur exibia caretas de uma dor extraordinária, milhares de imagens escapavam de seu crânio pelos buracos que os dentes da baronesa cavavam. E essas imagens de toda uma vida apareciam em volta da cabeça da própria Clésythyre — e penetravam nela por todos os orifícios, narinas, boca, orelhas e olhos.

— Graças a você! — urrou. — Eu me torno Arthur!

Ela se levantou, com os dentes ainda cravados no crânio do rei defunto e a cabeça presa no turbilhão da vida e dos pensamentos daquele que ela vampirizava.

— Graças a você, sem o qual eu não poderia despertar estes mortos, vou reviver! Ah... Ah... Como me aborreço em Avalon, desde que Merlin me matou... Mas, daqui para a frente, sei que vou vencer! Sei que vou consumar meu destino! Vou sair do Reino dos Mortos e mostrar a vocês, a todos vocês, quem sou eu e o que valho!

Lancelot havia recuado até a parede. Ainda tinha nas mãos a cabeça de Garvain.

— É você? — perguntou. — É você, Morgana?

— Quem você quer que eu seja? Consagrei toda a minha vida e agora toda a minha morte somente à minha vingança. Nada me deterá. Eu deveria reinar sobre Logres desde sempre! Deveria ter obtido o Graal e reinar sobre o universo inteiro! Merlin, esse ridículo filho do Diabo amaldiçoado pelo próprio pai, me impediu! E todos, você, Perceval e Galahad, estão mancomunados contra mim!

— Nós éramos os cavaleiros eleitos...

A cabeça de Garvain, que Lancelot mantinha sempre nas mãos, se mexeu e murmurou:

— Procure entrar em acordo com ela. Esqueça seu orgulho. Seja mais esperto do que ela. Negocie.

— Negociar? Mas o quê?

— Ela precisa de você.

— Por quê?

— Você está na vida.

Como se o esforço daquele diálogo entre morto e vivo tivesse sido violento demais, a cabeça de Garvain desapareceu. Lancelot só ficou com um prato vazio nas mãos. Jogou-o no chão e disparou para a grande porta da sala.

Clésythyre — ou melhor, Morgana — bradou:

— Segurem-no! Ele não pode sair daqui! Seu lugar é no Reino dos Mortos!

As três meias dúzias de falsos monges em hábito preto partiram como um único homem em perseguição a Lancelot, que já estava junto da grande porta e fazia força para abri-la.

Em vão.

Os perseguidores caíram em cima dele no momento em que se virava. Ele não tinha arma. Mas não estava com medo.

Investiu com o punho contra o rosto do primeiro falso monge. Ouviu-se um estalido sinistro. O capuz caiu para trás, revelando uma face de esqueleto triturada pelo punho do cavaleiro. Outros, e outros falsos monges, e mais outros se precipitaram sobre ele. Ele batia, batia, batia. Mãos que nada mais eram do que ossos agarravam-se nele. Ele se livrava, batendo, batendo, batendo sempre. No momento em que os atingia, os falsos monges desabavam com um breve clarão de luz vermelha — e só sobravam sobre o ladrilho do chão da sala os hábitos pretos, moles e vazios de qualquer ocupante.

Lancelot compreendeu que lutava contra fantasmas. E, mais estranho, que tinha o poder de expulsar aqueles fantasmas.

Contudo, precisou se render às evidências: eles eram numerosos demais. Mesmo os esmurrando e os fazendo voltar à sua natureza de espectros, sentia-se sucumbir sob a sua quantidade. Suas falanges sangravam, suas forças o abandonavam.

Morgana berrou:

— Acabem com ele! Levem-no para o Reino dos Mortos!

Dois, três, dez fantasmas de hábito preto agarraram-se a Lancelot, prendendo seus braços, impedindo-o de continuar batendo. Quando seus joelhos começaram a dobrar, quando se sentiu sufocado por tantos espectros, vieram-lhe à mente as últimas palavras de Garvain: "Você está na vida!"

A vida...

Retesou os músculos, prendeu a respiração e, de repente, se ergueu.

— A vida!

Com um sobressalto, com uma espécie de calafrio vital, livrou-se dos fantasmas pendurados nos seus braços, ombros, pernas e, rodopiando, atirou-os o mais longe possível.

— Ao Reino dos Mortos! — bradava Morgana. — Levem-no para o Reino dos Mortos!

Estendeu a mão de unhas brancas em direção às pedras do chão, que, com um estrondo de fim de mundo, explodiram e se abriram para uma profundeza escancarada de onde saíam chamas frias.

Então, sob os olhos espantados de Lancelot, os hábitos pretos se revelaram — todos os que ele enfrentara, nos quais batera e que acreditava ter vencido. Esgotado, quase sem fôlego, ele recuou contra a porta.

Compreendeu que só lhe restava uma escapatória. E que escapatória...

Arrancou a cota preta que tinha sido obrigado a vestir. Apareceu vestido com a cota branca marcada no ombro com uma lista escarlate, usada por ele desde os dezoito anos. Em seguida, mordeu a mão esquerda com toda a força. Enfiou os dedos da mão direita na ferida. E, com o sangue do ferimento, traçou, na lista escarlate de seu brasão, uma linha perpendicular.

Sobre seu coração.

Uma cruz.

Imediatamente os espectros de hábito preto refluíram. O branco da roupa e a cruz de sangue os apavoraram. Eles recuaram.

— À morte! À morte, Lancelot! — gritava Morgana.

Eles não lhe obedeciam mais. Não podiam. O branco da cota de Lancelot — a cor da *luz* — impedia-os, do mesmo modo que a cruz de sangue desenhada no seu peito. Não podiam enfrentar os símbolos mágicos da vida, da morte e do poder de Deus.

Lancelot dirigiu-se para a mesa. Não temia mais os espectros de hábito preto. Avançou para Morgana quase até tocá-la.

O rosto dela era apenas um crânio de esqueleto, os cabelos, uma agitação de vermes amarronzados, os olhos, duas cavidades escuras.

— O que quer de mim? — perguntou-lhe. — Estou me retirando do mundo. Estou pouco ligando para o que pode acontecer por aqui de agora em diante. Não gosto de você, mas não sou mais seu adversário.

— Você é de fato assim tão ingênuo ou idiota para acreditar nisso?

Lancelot balançou a cabeça, como se refletisse sobre o que ela havia lhe respondido. Depois, arrancou as chaves que ela levava no cinto.

— Vou-me embora daqui — disse. — Não quero mais revê-la.

— Senão?

Ele a agarrou pelo pescoço — algumas vértebras.

— Senão... morrerei apenas pelo prazer de reencontrá-la na Ilha dos Mortos.

— Você não acredita no que está dizendo...

— Não me ameace...

Lancelot apertou a mão, quebrando as vértebras do esqueleto. Clésythyre, ou Morgana, desabou — e desapareceu. Com a ponta do pé, negligentemente, ele afastou o hábito largado na sua frente.

— Você cometeu um erro, Morgana. E não imagina o tamanho dele.

Virou-se para a sala. Não havia mais nenhum espectro. Tinham se volatilizado.

Uma das grandes chaves do molho que ele tomara de Clésythyre-Morgana abriu-lhe a porta para o pátio.

3

A floresta sob a terra

No dia seguinte, Lancelot entrou na floresta de Brocéliande pouco tempo antes do pôr-do-sol. Nas estrebarias do castelo da falsa Clésythyre, ele recuperara seu cavalo de lavoura, ignorando os rocins e os cavalos de batalha de primeira qualidade que estavam lá. Cogitava agora se aquele animal, que ele acreditara ter comprado por acaso, não lhe seria destinado. Se seu pêlo negro não seria de fato sinal de uma natureza noturna e maléfica.

Uma nova aventura estava sendo imposta a ele por forças inimigas desconhecidas — sim, Morgana decerto, porém, quem mais? Morgana sozinha, fosse qual fosse a extensão de seus poderes enquanto viva, não poderia tê-los encontrado na morte sem a ajuda de um espírito — demoníaco ou divino — muito mais poderoso do que ela. Lancelot não estava entrando mais em Brocéliande como desejara fazê-lo: como um futuro eremita, aguardando, na privação e na renúncia ao mundo, sua própria morte. Morgana o havia desafiado. Compreendeu que, mesmo no Reino dos Mortos, uma luta feroz opunha a Távola Redonda de Arthur aos empreendimentos mágicos de Morgana. Deixando seu gordo cavalo preto encontrar ele mesmo a rota, ele iria chegar ao local onde uma última missão o esperava. Lancelot só pensava em se bater e em vencer. Voltara a ser ele mesmo.

Os carvalhos de Brocéliande tinham troncos tão grossos e folhagens tão densas que anoitecia bem antes do pôr-do-sol. Com as mãos no arção da sela, Lancelot abandonou-se à vontade de seu cavalo.

— Conduza-me para onde estou sendo esperado, meu grandão — disse, acariciando o pescoço dele. — Seja para o bem, seja para o mal, caberá a mim descobrir.

Pouco depois, alcançaram uma clareira. O gordo e grande cavalo preto parou. Lancelot examinou o local: a última luz do poente e a claridade da lua cheia já elevada quase até o zênite do céu iluminavam uma clareira como as outras, aparentemente inofensiva. Lancelot saltou da montaria. Acariciou-lhe o focinho.

— Francamente, você tinha que me trazer logo para cá?

O cavalo sacudiu a cabeça, levantou as narinas para a lua e relinchou longamente.

— Adeus — disse Lancelot, enquanto lhe retirava a brida, o freio e a coberta de lã que tinha sido posta sobre sua espinha à guisa de sela.

Findo isso, o cavalo se afastou com um trote pesado e tranqüilo pela floresta.

Lancelot ficou sozinho. Avançou para o centro da clareira. Até o ponto exato que os raios da lua clareavam.

Não teve que esperar muito tempo. A terra se abriu sob seus pés. Lancelot não fez nenhum gesto para se afastar. Caiu dentro de um buraco de uma profundidade inaudita.

*

Comemorte montava um cavalo tão magro quanto ele. Sob o pêlo de um preto lustroso puxando para o azul, não se sabia se havia um rocim ou um cavalo de batalha. O que quer dizer que ele tinha o andar e o porte de cabeça de um cavalo de batalha, mas também a força serena de um rocim que leva o cavaleiro até o fim do mundo — *embora fosse incrivelmente magro*. Montaria e cavaleiro pareciam-se com esqueletos, e Dorin ignorava como conseguiam avançar com tanto vigor.

Alcançaram a orla da floresta de Brocéliande.

— Chegamos ao nosso destino — disse Comemorte.

— Nós o encontraremos? — perguntou Dorin.

— Você é o que é, e isto vai nos servir — replicou Comemorte, picando com a espora o cavalo.

— O que é que vai servir para o senhor? Que eu seja um príncipe ou que eu seja... eu?

— Os dois. Pare de fazer perguntas, principezinho. Você me irrita. Concentre-se na nossa aventura. Se você não for muito estúpido nem desajeitado, ela vai lhe dar muito mais poder do que jamais imaginou.

Embrenharam-se entre as árvores de Brocéliande. Como se estivessem se embrenhando dentro da noite.

— O que o senhor quer de Lancelot?

Um gordo cavalo preto passou por eles num galope suave, em direção à saída da floresta.

— Qual a entrelinha da sua pergunta? Quer saber se o detesto? Não. Está claro? Se desejo a morte dele em Brocéliande? Mais uma vez, não. Se sou cúmplice dos inimigos dele? Você mesmo vai ver, principezinho. Pare de fazer perguntas. As únicas que têm sentido, Lancelot, seu irmão, jamais fez.

Entraram em uma clareira. Uma estranha clareira na qual os raios da lua convergiam em direção a uma larga escavação, de cuja beira Dorin e Comemorte se aproximaram.

— Isso me parece bem profundo — disse Comemorte.
— Como um olho do inferno.

Dorin lançou um olhar para o abismo aberto a seus pés, vagamente iluminado pelos raios da lua.

— Onde encontraremos Lancelot, na sua opinião?

Com uma careta, Comemorte apontou o grande buraco aberto na clareira.

— Imaginemos que ele viu esse buraco. Lembremo-nos do que sabemos sobre Lancelot. Aproximando esses pontos de vista, só posso concluir que Lancelot se atirou no fundo desse buraco — que só Deus e o Diabo sabem aonde leva...

Comemorte saltou da montaria. Agitando o indicador, fez sinal para Dorin.

— Venha para junto de mim.

O jovem príncipe obedeceu. Aproximou-se da beira do buraco.

— Tem certeza de que...?

— Escute — disse Comemorte. — Reflita de novo, se quiser. Quanto a mim...

E Comemorte mergulhou no buraco — que o engoliu como teria feito uma boca gigantesca.

— Espe... ro... você!

Dorin compreendeu que não podia escapar daquela nova prova. Lembrou-se de todos os relatos de aventuras que lera e das que lhe tinham sido contadas sobre os cavaleiros que enfrentam o impossível. O impossível? Era aquele buraco, aquele poço aberto no centro da clareira — e no qual Comemorte se atirara sem um pingo de prudência.

Fechou os olhos, prendeu a respiração e mergulhou. De cabeça.

*

A floresta verde e negra erguia-se em volta dele, sem horizonte. Sem leste, nem oeste, nem norte ou sul, ela estava ali, como uma cópia infernal da floresta verdadeira, Brocéliande, como se suas folhagens prolongassem as raízes até o centro da Terra. Ao toque, a casca e os galhos eram duros, lenhosos e friáveis como o arco de Ban. Uma floresta de pedra.

Lancelot andava por um caminho sinuoso. Não sabia mais há quanto tempo estava naquela floresta subterrânea, avançando sem que a paisagem mudasse uma vez sequer, como se, além das árvores minerais, só houvesse árvores e mais árvores. Suas pernas estavam ficando cada vez mais pesadas; parecia que o solo sob seus pés se tornava esponjoso, aspirava seus passos, procurava retê-lo.

Esgotado, ansioso, olhou para trás, mas não viu senão o caminho de terra negra, intacto, sem pegadas nem rastros. Olhou para os pés e percebeu assustado que mal tocavam o solo, como se ele estivesse suspenso no ar. Contudo, quando quis caminhar novamente, precisou fazer um esforço enorme para ir adiante.

"*Vá mais longe... Mais longe...*" Uma voz, um murmúrio, porém imperioso, lhe soprava ao ouvido. Ele procurou em volta quem estava falando. Não viu ninguém. Uma brisa envolveu seu rosto, seca e tórrida, e a voz repetiu: *"Vá mais longe... Mais longe... Mais longe..."*

Então Lancelot se agachou, reuniu as forças e saltou. Teve a impressão de arrancar-se da poderosa sucção que o mantinha sobre o caminho, e se viu vários côvados acima do chão. O sopro, naquele momento, tinha se enroscado em volta de todo o seu corpo, queimando-o como uma túnica de Nesso[1]. Ele se debateu contra a dor. Com um esforço enorme, conseguiu se livrar do vento de fogo que o envolvia.

Recuperou o fôlego. Estava ofegante.

Estava de pé em cima de ar, um ar duro como pedra, na altura das folhagens verde-escuras. *"Mais longe... Mais longe..."*, dizia a voz. Lancelot hesitou. Estendeu a perna direita com cuidado, tateou no vazio, encontrou com a ponta dos dedos do pé o que lhe pareceu um caminho ou alguma passarela invisível. Plantou o pé. Deu um passo. Tateando ainda, deu outro passo.

— *Mais longe...*

---

[1] Na mitologia grega, centauro que tentou violentar Dejanira, mulher de Héracles. Antes de morrer da flechada que o herói lhe desfechou, Nesso deu a Dejanira uma poção para embeber a túnica do marido, garantindo-lhe que o tornaria fiel. Mas, na realidade, a poção era um veneno corrosivo e, ao vestir a túnica, Héracles morreu queimado. (N.T.)

Dessa vez, ele se decidiu. Começou a avan ̧ar lentamente, pausadamente, sobre a invisível passagem. E, quanto mais avançava, mais suas pernas se tornavam leves, mais o cansaço o abandonava, mais sua progressão se tornava fácil.

Quando a voz lhe sussurrou: *"Pare agora. E olhe"*, percebeu que estava nu. Afastou os braços e contemplou o próprio corpo: todas as cicatrizes dos numerosos combates de que participara tinham desaparecido, e sua musculatura, que o desgaste do tempo tinha ao mesmo tempo feito mais pesada e polida, havia recuperado as formas ágeis e enxutas da juventude.

"Olhe", repetiu a voz do sopro.

Lancelot levantou os olhos. As densas folhagens dos carvalhos de pedra fremiram, depois se afastaram, depois desapareceram. Ele viu que dominava uma terra mais vasta do que jamais imaginara. O mundo inteiro se oferecia a ele, até o infinito.

Vilarejos e cidades, riachos e rios, lagos e mares, colinas e montanhas, florestas e desertos, estações e meteoros se misturavam: neve de inverno, chuva de outono, flores de primavera e grande sol de verão. Temporais, ventanias, tempestades se acalmavam em contato com vales verdejantes e tranqüilos. Grandes rios mansos de repente desabavam em cataratas. Vulcões em erupção viam seus despejos de lava fumegantes se metamorfosearem em pacíficas pradarias. Os castelos eram carvalhos e as florestas eram cidades. Nevava sobre os desertos. Rosas cresciam sobre as geleiras.

E, de repente, o sopro carregou-o. Ele voou, deu voltas, fez piruetas no céu. Atravessou nuvens cinzentas e rosadas e saiu delas com o corpo salpicado de gotículas. Acompanhou o vôo das aves migradoras. Rodopiou no olho dos furacões, dos temporais e dos tornados.

Não sentia medo, não sentia frio. Deixava-se conduzir por aquele sopro mágico que o carregava acima das montanhas, das planícies e dos rios, para além dos horizontes.

Sentia-se bem, e feliz. Gostaria que aquela viagem durasse a vida toda.

Mas, de repente, o sopro o segurou como se fosse um punho gigantesco e o projetou novamente nas profundezas da Terra.

Atordoado com o choque da aterrissagem, levantou-se, cambaleando.

Achou-se no coração da floresta subterrânea. Uma floresta onde era sempre escuro, sempre noite.

Avançou. Alguns passos hesitantes. Acreditou perceber, na penumbra que apagava todas as coisas, duas silhuetas.

— Onde estou? — perguntou. — O que querem de mim?

— Você está na Floresta dos Sonhos — respondeu uma voz de mulher. — A Floresta dos Arrependimentos e dos Mortos.

— Por que ela tem esse nome?

— Por que você se perdeu nela? — respondeu uma voz de homem.

As duas silhuetas se aproximaram. Contudo, elas permaneciam cinzentas, sem rosto, como espectros.

— Eu entrei na floresta de Brocéliande — respondeu Lancelot. — A terra se abriu sob meus pés. Depois um sopro me queimou e carregou. E eu estou aqui.

— O sopro da morte — murmurou a sombra feminina.

— Ou do remorso? — perguntou a sombra de homem.

Estavam vindo lentamente ao seu encontro. Quanto mais próximos ficavam, mais pareciam altos, e temíveis. Mas não se distinguiam seus rostos.

— Um dia você sonhou com esta floresta — disse a mulher.

— Mas ela não é mais um sonho — acrescentou o homem.

— Não compreendo...

— Contudo, está na hora de compreeender.

— Depois, virá o tempo de morrer!

As sombras se precipitaram sobre ele. Ele só as reconheceu naquele instante: Morgana e Mordred! Dois fantasmas negros de dentes faiscantes, olhos vermelhos, longas garras, que o atacavam.

Soube que não poderia lhes escapar. Salvo... Salvo, talvez, se gritasse:

— É um sonho!

Com essas palavras, enquanto se atiravam sobre ele, as sombras de Morgana e Mordred começaram a rir.

— *Acabou o tempo dos sonhos!*

*

Meio atordoado por sua longa queda no vazio, Dorin se pôs de pé. Ainda esfregando a testa, olhou à sua volta. Viu primeiro o rosto de esqueleto de Comemorte, que pousou a mão no seu ombro.

— Vai se agüentar em cima das suas duas patas, principezinho? Tudo bem?

— Sim, acho que sim...

Cambaleando um pouco ainda, Dorin se afastou de Comemorte, cuja proximidade lhe repugnava. À sua volta, descobriu uma estranha floresta, na qual todos os carvalhos eram parecidos, com seus grossos troncos negros e suas folhagens de um verde profundo.

— Onde estamos?

— Na verdadeira floresta de Brocéliande. A floresta dos sortilégios e dos malefícios. A floresta sob a terra. Aqui você só encontrará magos e mortos.

— O que está me dizendo? Um lugar desses não existe. Conheço todas as lendas e histórias de Brocéliande. Nenhuma fala dessa... "floresta sob a terra".

Comemorte riu sarcasticamente, com uma espécie de melancolia.

— Há segredos bem guardados, principezinho. Você está em boa posição para saber, não?

Dorin pôs a mão sobre o tronco de um carvalho. Retirou-a na mesma hora, desagradavelmente surpreso com o contato gelado de sua casca.

— Tudo é frio aqui — prosseguiu Comemorte. — Ou muito quente. As infinitas nuanças da vida não ocorrem neste local. Estamos no outro mundo.

— Outro mundo?

— Decididamente, você não quer compreender, não é? Vou lhe falar de outro jeito: nós estamos nos Infernos, principezinho.

— O Inferno?

— *Os* Infernos. Os das antigas religiões. Aqui, Satã é desconhecido. Não estamos no Inferno da religião cristã — local de todos os suplícios eternos reservado aos que cometeram, ao longo da vida terrestre, mais pecados e crimes do que boas ações —, estamos em um dos lugares invisíveis onde ficam os mortos, seja qual for a qualidade de seus atos sobre a Terra.

— É impossível! Um lugar desses não existe! E... se existisse, nós, que estamos vivos, não teríamos o direito de entrar nele.

— Vivo você está, sem sombra de dúvida, principezinho.

— O senhor quer dizer... que está morto?

Comemorte, bufoneando, elevou seus longos braços esqueléticos.

— Eu não pretenderia decerto estar tão vivo quanto você! Sou o seu guia, principezinho. Um guia que conhece na ponta dos ossos a maior parte dos caminhos e das armadilhas da "floresta sob a terra".

— Por quê? Por que está aqui comigo?

— À sua pergunta, eu responderei com esta outra pergunta: por que não confia em mim? O que tem a perder?

— O senhor está à procura de Lancelot. Quem sabe não está me usando para localizá-lo?

— Não é falso... Mas também não é verdadeiro. Escute: eu lhe proponho uma troca...

— Combinado.

— Se você me pedir, agora, eu faço você subir de novo para a terra.

— Então faça.

— Mas sou obrigado a lhe dizer isto: se você for embora daqui, Lancelot vai morrer. E, se ele morrer assim, não cumprirá sua derradeira missão de cavaleiro. Tome sua decisão.

Dorin não respondeu imediatamente. Ficou refletindo. Levantou a cabeça e procurou, acima dele, se havia um meio de deixar aquela floresta e subir pelo buraco que o havia projetado para o centro da Terra. Mas não havia: acima de sua cabeça, não via nada além dos galhos dos carvalhos que pareciam se entrelaçar tão estreitamente que nenhuma fuga era possível. Também se interrogou a respeito de si mesmo, de sua mãe e desse meio-irmão prestigioso — tivera desde logo a convicção de que só Lancelot poderia fazer dele o cavaleiro que queria ser, e de que as circunstâncias de seu nascimento sempre o impediriam de se tornar, fosse qual fosse o feito que realizasse. Foi, pois, após uma reflexão madura que se virou para Comemorte e disse:

— O senhor se diz meu guia, não é? Então, guie-me.

Comemorte deu um riso de satisfação — e, subitamente, em sua mão surgiu um arco.

— Vai precisar desta arma, principezinho. Ofereço-a a você.

Fez a mão esquerda rodopiar no vazio e, pouco depois, apareceu nela uma aljava carregada de flechas.

— Tenho até as munições!

Piscou o olho e se embrenhou na floresta de pedra.

— Eu guio você? Você me segue!

4

O fim de Morgana

Quando Morgana e Mordred se atiraram em cima dele, Lancelot se afastou de um salto. As duas sombras resvalaram nele, abrasadoras e geladas, e saíram rolando no meio dos troncos.

Isso bastou para devolver a coragem ao cavaleiro: ele soube que podia lutar contra aquelas sombras. Pôs a mão na cintura, desembainhou a espada e, pronto para tudo, esperou, com as pernas flexionadas, os sentidos em alerta, pelo próximo assalto.

Na penumbra da floresta sob a terra, era quase impossível distinguir Morgana e Mordred. Como discernir uma sombra na penumbra? Um espectro nas trevas dos Infernos?

Eles surgiram da esquerda, como morcegos gigantes. Lancelot só teve tempo de se jogar no chão para evitar suas garras e seus dentes.

Com o gesto, acabou largando e perdendo a espada. Quando quis se levantar, os dois morcegos, as duas sombras estavam instaladas em cima dele. Ele não tinha mais arma.

As garras de Morgana rasgaram seus ombros. Os dentes de Mordred arranharam seu pescoço. E teriam ficado ali cravados se Lancelot não batesse com toda a força no focinho de olhos vermelhos do vampiro.

Os dois enormes morcegos tinham pousado, lado a lado, sobre o galho de um carvalho de pedra. Suas asas, suas gargantas palpitavam. Seus olhos faiscavam de ódio.

Dorin estendeu a mão para Comemorte.

— Uma flecha!

Os dois morcegos — Morgana e Mordred — escutaram o grito. Tiveram um instante de pânico, virando suas cabeças pavorosas para todos os lados. Depois se decidiram: precisavam matar Lancelot, era por causa dele que estavam ali, almas mortas, a procurar uma última revanche. Bateram asas, deixaram o galho, e se atiraram, a pique, sobre o cavaleiro desarmado.

A flecha de Dorin transpassou o peito de Mordred. Ele soltou um grito estridente, atroz. Quis bater asas ainda mais depressa — mas suas asas, dilaceradas, se despedaçaram, desapareceram, e logo só restou um homem, ou sua sombra, batendo desesperadamente os braços e despencando no chão.

— Uma flecha! — ordenou Dorin, estendendo a mão para Comemorte.

O tempo que é necessário para escrever e contar a cena não é o tempo que Dorin gastou para receber duas flechas de Comemorte, recurvar duas vezes o arco e, duas vezes, arremessar. Tudo foi feito tão rápido que o próprio Dorin compreendeu que seus gestos tinham sido executados em um outro mundo, onde o tempo não existia mais. Onde só existia o combate da Vida contra a Morte.

A segunda flecha de Dorin atravessou a garganta de Morgana. Seu vôo foi interrompido na hora. Ela desabou aos pés daquele que queria matar, Lancelot.

— Suas flechas têm um poder extraordinário! — exclamou Dorin, virando-se para Comemorte.

— Minhas flechas têm meu poder — respondeu ele simplesmente.

Dirigiu-se para as sombras de Morgana e Mordred, cada uma transpassada por suas próprias flechas. Os dois tinham perdido o aspecto mágico de morcego. Restavam somente, jazendo no chão, dois espectros de forma humana, cujas mãos fantasmagóricas se apertavam em volta da parte do corpo que os havia trazido à condição de espectros. Colocou o pé em cima do peito de Mordred e arrancou a flecha. Depois se aproximou da sombra de Morgana. Segurou a extremidade da flecha que atravessava a garganta dela.

— O que você queria? O poder absoluto? Olhe para você: está na Floresta dos Mortos e sua única intenção era se vingar e matar... O verdadeiro poder, antes de mais nada, é o do perdão. O desejo de vingança é humano, o perdão pertence aos deuses. Você nunca foi divina, Morgana... Humana, humana demais...

Segurou a flecha cravada na garganta de Morgana. Arrancou-a.

Nenhum sangue brotou da ferida na garganta dela. Nos Infernos, não se sangra mais. Mas jorraram palavras.

— Ignoro quem você é, você que é mais poderoso do que eu... De onde vem o poder das suas flechas?

— Você acreditou ter sido paralisada no vôo por uma flecha, Morgana. Foi paralisada apenas pelo pensamento.

— Não compreendo...

— Você sentiu que uma flecha a transpassava. Dorin disparou essa flecha. Mas todos dois estão enganados. Em nenhum momento essa flecha existiu.

— O que foi, então?

— Já lhe disse: o pensamento. Foi ele que venceu você, Morgana. Você utiliza a magia. Mas, para quem não acredita nela, onde está a magia? O que é a magia?

A sombra de Morgana tentou se levantar. Comemorte se inclinou e enfiou o dedo na ferida da sua garganta.

— Não há magia. Há a vida, há a morte. E cada um deve se virar com isso.

Com um sinal, Comemorte convidou Lancelot e Dorin a se aproximarem dele.

— Olhe para eles — disse. — Estão vivos. E já faz muito tempo que você está morta, Morgana, de uma morte estúpida. Merlin, tomando você por um pássaro, matou-a com uma pedrada. Que coisa mais banal... Bastou uma simples pedra atirada por raiva para mandar você, que tinha tantos poderes, para Avalon.

— Quem é você? — perguntou Morgana.

— Eu sou o guia de todos, mas não de qualquer um.

— Quem é você?

— A sua segunda morte. E a última.

Retirou de repente o dedo da ferida que sua flecha abrira na garganta de Morgana. De lá escapou um fluxo de imagens e de diálogos resumindo toda a longuíssima vida da fada Morgana, em uma ensurdecedora cacofonia de sons e uma alucinante nuvem de imagens. Dorin e Lancelot taparam os ouvidos com as mãos, fechando os olhos.

Depois, tudo se acalmou. As imagens escureceram, se tornaram indecifráveis. Os sons se calaram.

Não houve mais nada. Mais nada além de uma forma cada vez mais fluida e trêmula, até Morgana desaparecer inteiramente. Mais nada. Morgana não era mais nada. Nem mesmo a sombra de um espectro.

Comemorte foi até o fantasma de Mordred e, sem sequer uma palavra, arrancou com um golpe seco a flecha cravada em seu peito. O mesmo turbilhão de imagens e sons escapou da ferida.

Sem se preocupar com a cena, Comemorte já estava conduzindo Lancelot e Dorin através da floresta.

— Estão nos esperando — disse.

— E Morgana e Mordred? O que vai acontecer com eles?

— Morgana? Mordred? De quem está falando? Nunca houve Morgana nem Mordred. Esses nomes foram banidos de todas as memórias.

Com essas palavras enigmáticas, Comemorte pegou o arco das mãos de Dorin, encaixou uma flecha e atirou. Ela foi se cravar no tronco de um enorme carvalho de pedra.

A árvore abriu-se lentamente como um pórtico. Uma intensa luz de púrpura e ouro jorrou. Comemorte virou-se para Dorin e Lancelot, estendendo a cada um um pano preto.

— Vendem os olhos.

Quando eles lhe obedeceram, ficando cegos, segurou cada um pela mão e os levou ao coração de uma ofuscante clareira.

— Bem-vindos aos Infernos — disse a voz de Comemorte.

5

Os Infernos

Durante quanto tempo Dorin e Lancelot tiveram que usar a venda que os cegava? Não conseguiram fazer a menor idéia. O tempo tinha sido abolido. Experimentaram ao mesmo tempo a sensação de que aquilo durava horas e que eles caminhavam léguas e léguas e a sensação de que apenas um instante se passara — e que eles só tinham dado um passo — quando Comemorte restituiu-lhes a visão.

Esperavam encontrar um espetáculo assustador, trevas insuportáveis, fogos inumeráveis torturando as almas dos reprovados. "Os Infernos", dissera Comemorte.

A surpresa deles foi grande, e maior ainda ao se verem em uma paisagem cheia de vales, onde corriam córregos de águas claras, onde crescia uma densa vegetação salpicada de papoulas, centáureas e botões-de-ouro. As árvores de um pomar, a alguns passos, pareciam carregar todas as frutas do mundo. Pássaros pipilavam nos galhos. Acima deles, o céu era azul, sem nuvens.

Dorin foi o primeiro a constatar a anomalia:

— Esse céu tem um azul de verão — disse. — Mas onde está o sol?

— Por que o sol seguiria seu curso nesse céu? Aqui o céu é apenas uma idéia de céu, e o tempo não existe mais. Ou melhor, nunca existiu.

Quem acabara de falar com a voz de Comemorte era, naquele instante, um homem jovem de perfil adunco, com a cabeça coberta por um curioso barrete azul, à moda de um outro tempo (foi, ao menos, a impressão de Lancelot).

— Quem é você? — ele perguntou.

— Um dia vão me chamar de Dante, será este o meu nome. Quanto a vocês, podem continuar me chamando de Comemorte. Eu sou o seu guia.

Fez a eles um sinal para que o seguissem, e começou a descer o vale em direção ao rio.

— Quando eu era um vivo, como vocês, e me chamava Dante Alighieri — não, minto, para vocês eu ainda não nasci, ainda faltam cerca de mil anos... —, escrevi um longo poema no qual eu visitava o Inferno e seus sete círculos, o Purgatório e o Paraíso.

Deu um risinho zombeteiro:

— Somos obrigados a acreditar que a literatura às vezes diz alguma verdade desconhecida dos mortais, já que, mal acabei de morrer, fui instituído, sobre a fé de meu poema, "guia das almas".

— Que poema é esse? — perguntou Lancelot.

— Oh, você não pode tê-lo lido nem ouvido falar dele, cavaleiro. Vou escrevê-lo oito séculos depois que você morrer.

— Oito séculos? Que fábula é essa que está me contando? Se isso for verdade, você não poderá morrer, uma vez que não nasceu!

— O que foi que eu lhe disse ainda agora? Aqui coabitam todos os mortos da história do mundo. Sobre a Terra, claro, só nascerei dentro de cerca de oito séculos. Mas aqui eu já sou o morto que serei e que seremos todos, inelutavelmente.

— É inverossímil!

— Concordo com você. Mas é assim.

Eles se aproximavam do rio. Mocinhas emergiram das águas. Eram nove, eram belas, e cada uma tinha uma cor de pele e de cabelo diferente da de suas companheiras. Elas riam, por nada, pelo prazer de rir e de estarem ali, ao que parecia. Comemorte saudou-as.

— Senhoritas, vou lhes confiar o príncipe Dorin. Sejam amáveis com ele como sabem ser com qualquer pessoa que lhes agrade.

Virou-se para Lancelot.

— Temos duas visitas a fazer. A primeira é para você, cavaleiro.

As mocinhas das águas cercaram Dorin, rindo sempre, tocando seus cabelos, ombros, nuca. Embaraçado, intimidado, ele tentava escapar dos carinhos delas, mas sem ofendê-las.

— E eu? — ele perguntou.

— Voltarei para buscá-lo para a segunda visita, que lhe diz respeito. Aguarde. Agrada-lhes...? — perguntou às mocinhas, apontando para Dorin.

— Oh! Claro...!

Comemorte levou Lancelot para o vau: sete largas pedras chatas que eles atravessaram sem molhar os pés. "Aliás", perguntava-se Lancelot, "*esta água* é água?"

Como se tivesse adivinhado seus pensamentos, uma das meninas — a que tinha a pele mais escura, a mais risonha e a mais travessa — correu para junto dele e cantarolou:

— *Molha, molha a água*

Do rio, do rio.

E o empurrou bruscamente com as duas mãos no peito dele. Lancelot, perdendo o equilíbrio, bateu inutilmente os braços — e caiu de costas.

— Ainda está seco, cavaleiro? — perguntou a mocinha, enquanto as companheiras caíam na gargalhada.

Furioso, Lancelot se levantou, molhado até os ossos.

— Aqui a água molha, cavaleiro, como entre os vivos. Basta que isso divirta a nós, Musas.

Ela rodopiou no ar e de repente foi parar perto de Lancelot, com os lábios no ouvido dele.

— Não me queira mal. Nós vemos tão poucos vivos — e nunca um tão bonito quanto você...

Dito isso, ela o suspendeu para fora do rio e o colocou na outra margem. Ele se deu conta de que suas roupas — e ele mesmo — tinham secado instantaneamente.

— Sem rancor? — disse ela, indo ao encontro das companheiras, que faziam provocações a Dorin, que não sabia se devia se defender ou se render.

— Tália — disse Comemorte, com um tom de paciente censura —, você exagerou...

— Tália? — perguntou, surpreso, Lancelot. — É o nome da...

— Sim, cavaleiro, é o nome da musa grega da comédia. E, como sabe, ela não pode deixar de fazer suas brincadeiras.

— Meu mestre, Caradoc, quando eu era criança, me ensinou muitas coisas sobre essa antiga civilização grega. Eu me lembro das nove Musas. Mas não sabia que...

— Que Tália, a musa da comédia, era negra? Ou que ela cortejaria você?

Enquanto isso, eles tinham entrado em um bosque de arbustos de flores rosa. Comemorte levantou a mão.

— Vamos parar com esta discussão.

Na saída do bosque rosa, surgiu diante deles uma imensa extensão branca e brilhante como o gelo ou o diamante. A alguns passos se erguia uma pequena capela, também branca, cuja porta se abria sob uma ogiva. Uma luminosidade rósea palpitava como um coração no interior dessa capela.

Eles entraram.

As paredes eram nuas. Encaixado na parede do fundo, um vitral de rubis difundia uma luz muito suave sobre um altar de madeira clara, colocado sobre um curto estrado. Houve um barulho surdo nas costas de Lancelot. Ele se virou: a porta da capela tinha se fechado atrás ele. Comemorte, seu guia, desaparecera.

— Finalmente, estamos aqui reunidos.

A voz ressoara diante dele, uma voz de velho irônico. Sobre o estrado, um ancião apareceu: um manto branco o envolvia como um novo espectro. Lancelot, por reflexo, levou a mão à espada: não a tinha mais. Seu cinto estava vazio.

Então o velho, com um largo movimento de manga, levantou o braço.

— É isto o que está procurando?

Depositou a espada — a espada que Lancelot, naquele instante, quisera pegar e que desaparecera do seu cinto — sobre o altar de madeira.

— Ao menos sabe utilizá-la?

Uma pergunta dessas só podia ofender Lancelot.

— Na minha juventude, me chamavam de "melhor cavaleiro do mundo"! Se era verdade, se era falso, só Deus é testemunha! E Ele é testemunha de que realizei mais do que a minha parte na defesa do reino de Logres!

— Não pronuncie o nome de Logres!

A voz do velho tremia de indignação.

— Você sabe, você sempre soube que Logres jamais teria sido invadido, que o rei Arthur e seus cavaleiros jamais teriam sido vencidos em Carduel se você estivesse presente, se tivesse ficado perto deles, com eles, antes mesmo da batalha! Você falhou no seu papel de cavaleiro, Lancelot! Se não tivesse traído o rei apaixonando-se pela mulher dele, teria continuado do seu lado, teria sido seu melhor general, e as tropas de Mordred e seus cavaleiros desleais teriam sido exterminadas em Carduel!

Lancelot caiu de joelhos.

— Eu *sei* de tudo isso! Para que repetir, remoer? Há mais de dez anos meu coração me repete, remói...

— De pé!

Lancelot apoiou-se em uma mão no chão.

— Não consigo mais...

— DE PÉ!

Com grande dificuldade, Lancelot obedeceu. O velho desceu do estrado e começou a se aproximar dele.

— Tenho vergonha de ver você assim... Tão fraco... Levante-se!... Você é o que é. Agora, vai ser necessário que ganhe, depois de uma luta feroz, o direito de se tornar... eu!

Ao chegar junto de Lancelot, o velho despiu o manto: o cavaleiro, com um grito de susto, recuou. Aquele velho... aquele velho... era ele mesmo... Com o peso dos anos, das rugas e das cicatrizes...

— Sim, eu envelheci... Nós envelhecemos, você e eu. Eu sou você, você é eu, nós somos os dois momentos de um só ser...

— Jamais! — disse Lancelot. — Jamais serei esse velho! Jamais serei você!

— Escute: de nós dois, o velho é você! Você renunciou a lutar contra o mundo e contra si mesmo? Ah, sim! Principalmente contra si mesmo! Veio a Brocéliande para escapar às suas responsabilidades!

O velho agarrou Lancelot pela manga. Seus olhos faiscaram de raiva.

— Você se encontrou aqui comigo, nos Infernos, para tomar uma última decisão. A mais grave decisão da sua vida...

Lancelot tentou se soltar da mão do velho — daquele ancião que não era senão ele mesmo. Em vão.

— Neste instante, eu sou mais forte do que você. Em termos absolutos, você é mais forte do que eu. *Sou apenas aquele que você se tornará, caso realize seu destino até o fim.*

De repente, o velho Lancelot bateu as mãos bem diante do nariz do Lancelot mais jovem.

— Zás! Eu abro a porta! E você vai embora!

Com efeito, a porta da capela se abriu atrás de Lancelot. Ele teve vontade de fugir. Hesitou.

— E se eu ficar — perguntou —, o que vai me acontecer?

— Olhe para mim: eu sou o que vai acontecer. Oh, claro, você não vai ficar mais jovem, Lancelot. Dores cada vez mais fortes vão acometê-lo, que nenhuma erva, nenhum druida conseguirá aliviar. Você vai ficar *velho*. Eu sei: não há nada de pior para um cavaleiro do que ficar velho. Você aprenderá a derrota no combate homem a homem. Ficará menos ágil, menos robusto do que seus adversários. O que você era capaz de fazer com uma espada ou um cavalo há vinte, há trinta, até há quarenta anos, não conseguirá mais.

— Então, de que adianta? — perguntou Lancelot. — Sou um cavaleiro. A única coisa que sei fazer é guerrear... Por que aceitaria ficar igual a você? Tão velho?

— Não tenho o direito de lhe explicar. Só tenho o direito de ser eu — e eu sou você, talvez, se for a sua escolha — e de tentar convencê-lo. O tempo é contado para nós e nos pertence. Escolher, eis o que você precisa fazer agora. Que futuro quer?

O velho mudou instantaneamente de aspecto: adquiriu uma aparência ainda mais velha, decrépita e doente. Dobrado em dois pelo reumatismo, ele sorria, exibindo os três últimos dentes que lhe restavam na boca.

— Isto? — perguntou.

Batendo as mangas do manto, mudou novamente de aspecto: fez-se tão jovem que o próprio Lancelot teve dificuldade de reconhecê-lo e de se reconhecer no jovem de dezoito anos, muito bonito, muito alto, muito forte, e sorrindo com toda a brancura de seus dentes intactos.

— Ou isto?

As mangas do manto bateram mais uma vez, e a sombra voltou a ser um velho — o velho *que ele ia ser*.

— Então? — perguntou.

— Posso me tornar o jovem cavaleiro que eu era? — perguntou Lancelot.

— Não, não pode. Você *acha* que pode, e acreditou nisso durante vinte anos. Aprenda a envelhecer. O jovem que você foi não existe mais, salvo em você mesmo, que recusa a passagem dos anos. Há vinte anos, Lancelot, você finge ser esse jovem. Olhe para você. Encare, finalmente, a verdade.

O velho deixou o manto cair no chão. Apareceu, nu, tal como o próprio Lancelot, de repente, descobriu estar. O cavaleiro, alarmado, deu um passo para trás e pôs as mãos embaixo da barriga para esconder sua intimidade. Diante dele, um mesmo Lancelot, igualmente nu, mas sorrindo com ironia, reproduziu seus gestos, como em um espelho.

— Olhe para você. Todas essas cicatrizes... Todo esse tempo passado que você se recusa a aceitar, cujas etapas seu corpo inscreveu na sua carne, ano após ano, dia após dia... Pare de acreditar que ainda é "Acriança" de dezoito anos que Vivian apresentou na corte de Arthur. Olhe para você. E admita. Seja quem é.

E, com efeito, Lancelot olhou o outro Lancelot que o enfrentava, como no espelho. A imagem de si mesmo o arrasou. Ele fechou os olhos.

— Por favor, você que é eu, vista-me...

Assim foi feito, com a instantaneidade dos acontecimentos característica daqueles Infernos tão mal-afamados. O velho de novo estava vestido com o manto, e Lancelot com calções e cota brancos.

— Logo você deixará este local e a "floresta sob a terra". Acho que compreendeu. Vai voltar para Camelot, onde Guinevere o aguarda. E depois...

— E depois?

— E depois, um dia você estará no meu lugar — no *seu* lugar — e um velho de manto (você) acolherá um Lancelot de quarenta anos, que não acreditará mais em nada porque não acreditará mais em si mesmo. Você vai falar com ele da forma como eu acabei de falar com você. Com as mesmas palavras. E ele vai lhe responder o que você acaba de me responder — com as mesmas palavras, exatamente.

— Está querendo dizer que...? Você sabia antecipadamente o que nós diríamos?

O velho encolheu os ombros.

— Antecipadamente? Aqui, isso não tem significado nem sentido. Aqui, tudo é o que é. Um ponto, só isso. Aqui não há antes nem depois, nem agora. Há... o que há...

O velho esfregou a testa.

— Para dizer a verdade, você sabe... a vida aqui é muito aborrecida... Tenho inveja de você, que logo vai subir para a terra e conhecer de novo suas preocupações, seus tédios, suas alegrias inesperadas e os sofrimentos inadmissíveis, em suma, tudo o que faz uma existência...

Com um elegante movimento de manto, o velho partiu novamente para o estrado e o altar.

— Você vai se esquecer de que foi "convidado" aqui, Lancelot! Vai recomeçar a viver. Viver de verdade. Sem nunca saber se teve razão ou não de fazer este ou aquele gesto, tomar esta ou aquela decisão... O livre-arbítrio, Lancelot! A vida é isso!

Com um estalar de mangas que parecia uma batida de asas, o velho mergulhou atrás do altar.

— Boa sorte!

6

Orguelise

A capela tinha se volatilizado. Lancelot se viu sozinho no meio de uma pradaria onde cresciam numerosas papoulas, como se fossem manchas de sangue fresco.

Comemorte tocou no seu braço.

— Tudo bem?

— Ele zombou de mim?

— A pergunta é: você zombou de si mesmo? Porque ele era você, não era? Entendeu?

— Nunca serei aquele velho.

— Durante uma vida, você foi. Por isso, ele pôde se dirigir a você.

— É esse o meu destino, então? Me tornar aquele velho?

Comemorte deu um risinho — que pretendia ser amistoso mas era apenas inquietante — e segurou Lancelot pelo braço.

— Não tenho por hábito escutar atrás das portas, mas... me parece que ele falou de "livre-arbítrio...?"

— O que isso significa?

— Que (estou resumindo...) aquele velho não é outro senão você mesmo, da forma como você terá escolhido aparecer nestes Infernos. Mas se, quando tivermos voltado para o mundo dos vivos, você fizer outras escolhas, diferentes das que fariam de você esse velho que você encontrou... então, você não se tornará esse velho.

— Não estou compreendendo...

— Compreenda ao menos isto: se você cometer uma loucura que o impeça de chegar à idade desse velho (que é você, por enquanto, no tempo sempre em movimento dos Infernos em que o tempo e os atos são apenas um jogo de possibilidades sempre em mutação), você não se tornará esse velho. E, portanto, eu não acompanharei você aos Infernos para encontrá-lo. Uma vez que esse velho, você mais tarde, não existirá. É bem simples, não?

— Continuo sem entender nada.

— Não faz mal. Você vai compreender quando estiver entre nós por toda a eternidade. No momento, você é apenas um convidado, um visitante — dentro de quinze séculos será chamado de "turista" (que horror... chega a me dar um calafrio...).

— Entendo cada vez menos.

— É natural.

E, para evitar outras perguntas e comentários do cavaleiro, Comemorte estalou os dedos. Os dois homens desapareceram, para reaparecer na beira do rio.

As nove mocinhas estavam despreocupadamente estendidas na relva, cercando Dorin. Estavam inclinadas para ele com ares de conspiradoras. Quando viram Lancelot e Comemorte, calaram-se subitamente, e algumas não contiveram o riso.

— É a sua vez, Dorin — disse Comemorte. — Devo conduzir você até a que o espera.

— E vai levar também o cavaleiro? — perguntou Tália, deslizando no ar para alcançá-los.

— Claro.

— Então ele ainda não chegou ao fim das surpresas!

Essa alegre exclamação desencadeou uma nova risadaria por parte das Musas. Lancelot, que não gostava nada que zombassem dele, franziu as sobrancelhas.

— O que está acontecendo de tão engraçado?

— Creio, cavaleiro — respondeu Tália, acariciando-lhe furtivamente a face —, que dentro em breve você vai realizar um ato que acreditava ser impossível!

— Cale-se, Tália — disse Comemorte, sem conseguir deixar de sorrir.

E, estendendo a mão para Dorin, acrescentou:

— Venha. Chegou a hora.

E foi nesse alvoroço de risinhos ao mesmo tempo divertidos e cúmplices que Comemorte, com um simples estalar de dedos, se transportou na companhia de Dorin e Lancelot para um outro local dos Infernos.

*

— É... É Carduel! — exclamou o cavaleiro.

Diante deles se erguia uma fortaleza vertical: seu torreão subia muito alto em direção ao céu escuro de um fim de tarde de inverno, estreitamente encerrado entre as muralhas. O mar, de um cinza-pálido mais claro do que o céu, rolava ondas pesadas e lentas como mercúrio. A costa estava coberta de neve.

Com o coração palpitando, Lancelot desceu na praia nevada. Tantas lembranças emergiam de repente do mais profundo de si mesmo... Ali, pela última vez, tinha combatido ao lado do rei Arthur. Ali, pela última vez, tinha tentado ser o cavaleiro que devia ser e inverter uma situação pela qual ele sempre tinha pensado que sua traição — seu amor pela rainha Guinevere — era a principal responsável.

Caiu de joelhos na neve e na areia, a alguns passos das ondas que morriam na beira da água. Ali, naquele mesmo lugar, ele recolhera as últimas palavras de Arthur. Palavras de sabedoria e de perdão. E fora ali que o rei tinha dado Excalibur, a sua espada, ao jovem Galehot para que ele a atirasse no mar, ali que uma longa mão branca de mulher emergira das ondas, fechara os dedos ao redor do punho da espada e brandira-a para o céu antes de mergulhar lentamente nas ondas, levando-a consigo.

Comemorte e Dorin se juntaram a Lancelot na praia. O guia pousou a mão no seu ombro.

— Levante-se. E nos acompanhe.

— Onde estamos? — perguntou Dorin. — Por que parece tão emocionado, cavaleiro?

Lancelot ergueu-se penosamente.

— Estamos na praia de Carduel. Onde o rei Arthur morreu pela mão de seu próprio filho, Mordred. Onde toda a cavalaria da Távola Redonda foi dizimada por tropas de traidores de seu país e da Coroa. Onde eu deveria estar, antes de a batalha começar... e talvez o curso dessa batalha tivesse sido diferente, talvez nós tivéssemos vencido... Talvez o rei não tivesse morrido nem a Távola Redonda tivesse sido esvaziada de todos os cavaleiros que combatiam em seu nome... Se eu estivesse lá...

— Vamos, Lancelot — disse Comemorte —, esqueça sua tristeza. Não estamos em Carduel. Estamos na sua imagem, na forma como ela ainda vive no Reino dos Mortos.

Segurou Dorin pelo cotovelo.

— Estão esperando vocês. Venham.

Eles contornaram a fortaleza. Chegaram ao pontão aonde, mais de dez anos antes, Lancelot e Galehot tinham conduzido Arthur moribundo, para ser levado por um barco de vela branca para Avalon, a Ilha dos Mortos.

O mesmo barco que, nesse instante, aportava no horizonte.

A vela branca drapejou ao vento e caiu lentamente ao longo do mastro. Uma sombra se ergueu dentro da embarcação.

Vestia uma roupa comprida com capuz.

— A hora chegou — disse.

— A hora chegou — repetiu Comemorte.

A sombra negra apontou para Dorin.

— Eu vim por sua causa. Você carrega um pesado segredo, não?

— Os segredos são leves de carregar quando nos protegem — replicou Dorin.

Comemorte aprovou sua réplica com um meneio de cabeça.

— Chegou a hora de divulgar esse segredo.

A sombra puxou o cordão que segurava as abas de seu traje, baixou o capuz e, com um gesto nobre, desfez-se dele. Aos olhos de Comemorte, de Dorin e de Lancelot, surgiu uma mulher jovem de longa cabeleira ruiva, coberta por uma armadura.

— Está me reconhecendo?

Dorin levou a mão ao peito.

— A senhora é...? Você é...?

A mulher de armadura inclinou a cabeça.

— *Nós* somos — ela disse. — Eu sou você, você é eu. Eu sou o seu futuro e a sua verdade.

De um só pulo, ela subiu no pontão. Ficou diante de Dorin.

— Você está aqui, em Carduel, para se tornar finalmente quem é.

Virou-se para Lancelot.

— Cavaleiro, seus remorsos praticamente apagaram seu erro. Sim, você traiu Arthur, sim, essa traição o enfraqueceu, sim, essa fraqueza causada por você o conduziu, a ele e a toda a Távola Redonda, ao desastre da batalha de Carduel. Mas você soube se comportar com coragem e dignidade durante os dez anos que se seguiram. Você preservou a lembrança e a ambição da Távola Redonda. Soube vencer em você mesmo, dia após dia, seu desejo e seu amor pela rainha Guinevere.

— Quem é você? — perguntou Lancelot.

— Meu nome é Orguelise. Sou sua irmã, nascida de Helena e Claudas.

Pousou a mão no ombro de Dorin.

— Nós somos Orguelise — acrescentou. — Dorin não passa de um simulacro de menino inventado por Helena.

Lancelot olhou para Dorin com espanto.

— Você é... uma *menina*?

Dorin-Orguelise fez que sim com a cabeça, embaraçado(a).

— Claudas, meu pai, queria um herdeiro — explicou. — Um herdeiro do sexo masculino, como a lei e o costume de Bénoïc exigiam. Minha mãe — *nossa* mãe —, com a cumplicidade de minha ama-de-leite, escondeu dele a realidade de meu sexo. Caso contrário, ele nos teria repudiado, expulsado, mandado assassinar, talvez... Helena só desejava uma coisa: que Trèbe e Bénoïc fossem recuperados de Claudas. Ela me faz passar por um menino, fui educada como um menino, e, cada dia de nossa vida, desde que alcancei a idade de compreender que *eu não era um menino*, nós vivemos na angústia, no medo de que Claudas descobrisse o embuste...

— Mas — perguntou Lancelot —, por que você mentiu para mim? Sabia que eu era seu irmão...

— Há muito tempo, desde que conheci minha condição, desejei me tornar cavaleiro. Era impossível. Eu podia enganar Claudas, mas não podia enganar Deus. Nenhuma mulher jamais foi feita cavaleiro. Nenhum cavaleiro teria aceitado me dar a pancada sabendo que eu era menina. Ora, se eu quero, mais do que tudo, ser cavaleiro, eu quero isso sem mentiras. Dorin não existia: não podia receber a armadura.

"No dia do concurso de arqueiros, eu estava pronta para enfrentar Malangrenant e os outros pretendentes. Se tivesse ganho aquele desafio, o costume e a lei teriam me posto no trono de Bénoïc. Eu teria desempenhado meu papel de rei como, desde a infância, desempenhei meu papel de príncipe. Teria continuado a mentir quanto ao meu sexo. E jamais teria ousado realizar meu voto mais caro: ser feita cavaleiro.

"E você chegou. Você proclamou, antes de mim: 'Eu ouso!' Ganhou o concurso e matou os pretendentes. Eu odiei você por me privar assim do poder pelo qual, para obtê-lo, Helena e eu mentimos durante anos, dia após dia, hora após hora, gesto após gesto. Ao risco de nossas vidas.

"Na manhã da sua partida, minha mãe — *nossa* mãe — me revelou a verdade. Você era filho dela, perdido quarenta anos antes na beira do Lago. Você era meu irmão. Mas, mais ainda, *você era o famoso Lancelot.*

"A partir de então, passei a seguir você. E a imitar você em tudo. Queria aprender o que é a condição de cavaleiro, diariamente. Queria — eu era idiota, reconheço... — observar, guardar e reproduzir todos os seus gestos, todos os seus atos, a fim de me parecer com você..."

— Por quê? — disse Lancelot. — Por que queria se parecer comigo? Para se tornar cavaleiro?

— Sim.

— Você tem uma idéia errada da cavalaria. Não se trata de saber capturar uma carpa no Loire só com as mãos nuas, ou uma lebre em um bosque ao cair da noite... Mas você me divertiu com a sua obstinação em me imitar. Eu aproveitei, aliás, como você notou, para zombar de você... Não se trata sequer de ser o melhor dos arqueiros, dos cavaleiros, dos caçadores, dos pescadores, nem mesmo dos guerreiros.

— Do que se trata, então? — perguntou a sombra de armadura de Orguelise.

Lancelot coçou a testa.

— Uma mulher não pode compreender...

A Orguelise de armadura tirou de repente a espada da bainha. A ponta da lâmina tocou Lancelot sob o queixo.

— Que você seja mais forte: eu lhe concedo. Mais hábil? Sou uma mulher e minha espada ameaça sua garganta... O que estava dizendo mesmo?

O cavaleiro segurou a lâmina com a mão. Desprezando a dor e o sangue, ele a afastou.

— Pouco importa o que eu dizia — murmurou, com um tom ameaçador. — Creio mais nos atos do que nas palavras. Se estou aqui, é porque meu destino me trouxe. Sua pretensa "habilidade" no manejo das armas nada mudará. Enfrentei magos, dragões e monstros, Guerreiros Ruivos e cavaleiros escoceses, galeses, irlandeses ou traidores. Todos acreditavam poder me vencer. Morreram por cometer esse erro.

"Estou além do medo e aquém da indiferença. Estou aqui, ouço e espero: por que estou aqui e o que quer de mim?"

Lancelot abriu os dedos, liberando a lâmina. A Orguelise de armadura recolheu a espada à bainha.

— Vamos para a praia — disse ela.

Eles a seguiram até o começo das ondas.

— Cavaleiro — ela disse —, alguma coisa aconteceu ainda agora: o que você chama de "um ato". Você se submete à evidência desse ato?

— Mostre-o para mim. Discutiremos em seguida.

— Como quiser.

A Orguelise de armadura levantou os braços. Recitou palavras em uma língua desconhecida de Lancelot, Dorin e Comemorte.

O mar, então, começou a refluir. As ondas, em vez de quebrarem sobre a praia nevada, voltaram para trás, voltaram para tão longe que logo toda a orla ficou descoberta — como que sob o efeito de uma maré tão rápida que pareceu instantânea.

Uma mulher apareceu, revelada por aquele mar refluindo. Trajava um longo vestido branco. Segurava nas mãos uma espada cuja lâmina faiscava, apesar do céu tão sombrio que parecia um céu de noite.

Ela avançou para Lancelot, Comemorte e as duas Orguelise.

— É a senhora? — disse o cavaleiro. — A senhora?

Era Vivian.

Sua tutora, sua verdadeira mãe, aquela que o tinha educado para que ele se tornasse o primeiro cavaleiro capaz de obter o Graal.

Ela veio ao seu encontro, sempre carregando a faiscante espada nas mãos.

— Eis Excalibur — disse ela. — Destinada a você.

E, enquanto Lancelot se apressava a recolher a espada mítica, Vivian se virou para Dorin-Orguelise, oferecendo-lhe a arma.

— Ela é sua...

Foram os últimos instantes de Dorin, da mentira e do embuste. Mal a nova Orguelise segurou nas mãos o punho de Excalibur, seus cabelos ruivos cresceram como a cauda de um pônei da Irlanda, uma armadura de prata lhe apertou o peito e as pernas — e ela se tornou parecida, traço por traço, detalhe por detalhe, com a Orguelise dos Infernos, com a qual logo se confundiu para se tornar apenas uma só e mesma pessoa.

Comemorte estalou os dedos:

— Foi um prazer conhecê-los. Adeus.

Após o quê, ele se volatilizou.

Como se o gesto não fosse o seu — como se alguma força estranha e estrangeira a tivesse segurado pelo pulso —, Orguelise brandiu Excalibur.

— Agora — disse Vivian —, dê-me a espada e coloque um joelho no chão.

Ela obedeceu. Vivian fincou a espada à direita da moça — que, no sol poente do inverno, estendeu na praia nevada a sombra longa de uma cruz.

— Lancelot, aproxime-se de sua jovem irmã.

Reticente, ele fez que sim com a cabeça.

— Você quer mesmo me obrigar a cometer este... este sacrilégio, Vivian?

— Eu quero que você escolha cumprir o seu dever — ela respondeu com calma. — Orguelise é a última representante da sua linhagem, a última a poder perpetuar o espírito da Távola Redonda.

— Não é verdade. Eu tenho um filho, você sabe!

— Galahad não pertence mais a este mundo.

Lancelot empalideceu.

— O quê?... Galahad morreu?

— Galahad está vivo, Lancelot, tranqüilize-se. Mas ele viu o Santo Graal. Não pertence mais ao mundo terrestre. Deus lhe concedeu uma graça magnífica e terrível, cuja natureza não tenho o direito de lhe explicar.

Ela tocou a nuca de Orguelise, que continuava com um joelho no chão e a testa baixa.

— Uma mulher lhe deu a vida, Lancelot: Helena. Uma outra mulher, eu, lhe ensinou a bravura e a proeza* necessárias para a realização do seu destino. Uma terceira mulher, Guinevere, e uma quarta, Morgana, arrastaram você para outros caminhos, um outro destino, que ninguém pode julgar se foi melhor ou pior. Ele foi, só isso. Foi o destino de um homem — seu destino —, com seus erros e suas faltas, seus combates e sua coragem de viver.

"Você foi um modelo de cavaleiro, Lancelot, não por sua longa invencibilidade, mas por sua capacidade, cada vez que o destino lhe foi contrário, de se levantar, de lutar contra a desgraça e contra seus próprios procedimentos, de procurar sempre se tornar melhor do que era. Os séculos futuros vão se lembrar de você como um cavaleiro incomparável, mas, na verdade, sua grandeza, honra e proeza verdadeiras, estas você demonstrou na sua coragem de enfrentar as provações, partilhadas por todos, de uma vida de homem. A autêntica cavalaria é isso.

"Cabe a você, agora, transmitir uma última vez o dom mais nobre, mais elevado e mais difícil de honrar, o dom da cavalaria. E vai ser — pois assim desejaram o curso e a direção do seu destino — a uma mulher, sua irmã Orguelise. Aproxime-se dela."

Vivian deu um passo para o lado. Como se quisesse se afastar. Como se o que estava acontecendo naquele momento só dissesse respeito ao irmão e à irmã, Lancelot e Orguelise.

— Levante a testa! — ordenou-lhe.

Ela levantou a testa.

— Tem certeza do que quer? Sente-se suficientemente forte?

— Sim.

— Então...

Ele fechou a mão. Declarou:

— Em nome de Deus, eu a faço cavaleiro!

O punho de Lancelot se abateu sobre o ângulo do pescoço e do queixo. Ela não se mexeu. Nem baixou os olhos.

Ele balançou lentamente a cabeça, com uma espécie de contentamento. Apanhou Excalibur, que estava fincada na neve e na areia, brandiu-a para o céu cada vez mais negro e depois encostou também um joelho no chão. Orguelise e Lancelot se encontraram face a face. Ele depositou a Espada sobre as palmas dela e ofereceu-a.

— Que Deus, a cada instante, venha em sua ajuda!

Ela recebeu Excalibur inclinando humildemente a cabeça.

— Eu aceito seu dom.

— Muito obrigada, filho de rei, Acriança, meu Lancelot — disse Vivian.

— E agora? — perguntou o cavaleiro.

— Agora? Saiba viver o resto da sua vida...

O mar, a praia e a neve, o torreão e as muralhas de Carduel — tudo aquilo tremeu como uma miragem, e desapareceu. Um sopro ao mesmo tempo abrasador e suave envolveu e carregou Lancelot. Ele se sentiu projetado para longe, muito longe dali. Voou. Dominava uma terra mais extensa do que jamais imaginara. O mundo inteiro se oferecia a ele, até o infinito.

Vilarejos e cidades, riachos e rios, lagos e mares, colinas e montanhas, florestas e desertos, estações e meteoros se misturavam: neve de inverno, chuva de outono, flores de primavera e grande sol de verão. Temporais, borrascas e tempestades se acalmavam acima de vales verdejantes e frescos. Vulcões em erupção ficavam de repente recobertos de pacíficas pradarias. Os castelos eram carvalhos, e as florestas eram cidades. O sol inundava as geleiras. Rosas engendravam rosas.

Ele não tinha medo, não tinha frio. Deixava-se conduzir por aquele sopro vivo que o levava acima das montanhas, das planícies e dos rios, além dos horizontes — além dele mesmo.

Sentia-se bem, e feliz. Desejaria que aquela viagem durasse a vida toda. Pensava: "É um sonho."

Léxico

armas: trata-se tanto de armas defensivas (armadura, elmo, loriga e escudo) quanto de armas ofensivas (lança, espada). Por *armas*, entende-se também o brasão.

Camelot: ao mesmo tempo cidade e castelo principal (com Carduel) do rei Arthur. Em geral, um castelo se ergue perto de uma cidade ou de uma aldeia, garantindo a proteção delas.

côvado: medida de comprimento equivalente à distância que separa o cotovelo da extremidade do dedo mais longo.

pancada: pancada que o padrinho dava no lado do pescoço ou no rosto do que era feito cavaleiro na cerimônia de sagração. O gesto expressava a maturidade do rapaz, sua capacidade de permanecer senhor de si.

proeza: neste caso, o conjunto das qualidades de bravura do cavaleiro.

rocim: o rocim é um cavalo que serve para qualquer uso e para qualquer terreno. O ***cavalo de batalha*** é um cavalo usado em combate; o ***palafrém***, um cavalo de cerimônia. Existe também o ***cavalo de caça***, e o de trabalho na lavoura, grande e forte.

sala: peça principal do castelo, onde têm lugar as atividades sociais: refeições, recepções, cerimônias etc.

saxão: por volta da metade do século V, os saxões, vindos da Germânia, e os anglos, vindos da Dinamarca, empreendem a invasão da Grã-Bretanha. Arthur e seus cavaleiros são celtas, povo autóctone.

torneio: ao contrário da imagem que os filmes popularizaram sob este nome (e que, na verdade, corresponde ao *julgamento*), os torneios consistiam essencialmente no enfrentamento de dois ou vários grupos de cavaleiros, em um terreno por vezes muito extenso, que podia compreender um bosque, um vilarejo, um rio etc. O torneio era uma batalha com fileiras, o simulacro de uma ação de guerra. Cavaleiros sem feudo nem herança podiam, se fossem suficientemente hábeis e audaciosos, fazer sua reputação e sua fortuna (como os atletas de hoje em dia): tinham o direito de tomar o equipamento e a montaria dos adversários que tivessem vencido e vendê-los, às vezes muito caro. Eram então admitidos no círculo dos reis e dos príncipes e os representavam em toda parte, na qualidade de campeões. Em seguida, pelo casamento, subiam na hierarquia social da época.

varlete: adolescente a serviço de um senhor, junto do qual faz o aprendizado antes de ser por sua vez cavaleiro (dizia-se *valete* ou *vallet*).

Biografias

Christian de Montella

Nascido em 1957, o autor estudou Letras e Filosofia. Pai de três filhos, exerceu diferentes ofícios, tão numerosos quanto variados, antes de escolher a escrita: trabalhador agrícola, ator, instrutor de esporte, empregado administrativo... Até o momento, já publicou romances nas editoras Seuil, Gallimard, Fayard e Stock. Escreve também para crianças na École des Loisirs, Je Bouquine, Bayard e Livre de poche jeunesse.

Olivier Nadel

Pintor e ilustrador, aprecia o óleo de linho polimerizado, a sanguina (peróxido de ferro empregado na fabricação de lápis vermelho) e a água-forte.

Campo de atuação: Mitos, História, aventura e didática multimídia.

Ensina ilustração na Arts-Décoratifs de Estrasburgo.

Impresso no Brasil pelo
Sistema Cameron da Divisão Gráfica da
DISTRIBUIDORA RECORD DE SERVIÇOS DE IMPRENSA S.A.
Rua Argentina 171 – Rio de Janeiro, RJ – 20921-380 – Tel.: 2585-2000